[Author] 柚本悠斗
[Illust.] magako
[キャラクター原案] あさぎ屋
3
クラ
ギャルを
お持ち帰りして
清楚系美人にしてやった話
Class no botti GAL wo
omotikaeri shite
seisokei-bijin ni siteyatta
hanashi
JN131134

[あかもり あきら]
明護 晃
[そうとめ あおい]
五月女 葵

「晃君の制服姿、
なんか新鮮……」
そう呟く葵さんは
俺よりもそわそわしている
ように見えた。

クラスの清楚系美人を
金髪ギャルにしてやった話

大きな音と激しい閃光と共に、
花火大会の開始を告げる
花火が打ち上げられた。
直後、次々に打ち上げられる花火が
夜空を華やかに染めていく。

「きれいだね……」

CONTENTS

Class no botti GAL wo
omotikaeri shite
seisokei-bijin ni siteyatta
hanashi

クラスのぼっちギャルを
お持ち帰りして
清楚系美人にしてやった話 3

柚本悠斗

GA文庫

カバー・口絵・本文イラスト
magako

キャラクターデザイン
あさぎ屋

Prologue　プロローグ

それは六月上旬の、とある雨の日のことだった。

俺は近所の公園で、ずぶ濡れになっているギャルを拾った。

彼女は同じクラスの五月女葵さんといい、学校でも有名なギャル。

学校をさぼり気味であまり登校せず、派手な金髪のロングヘアーという見た目もあって悪い噂が絶えず、人を寄せ付けない孤高のギャルといった感じの女の子だった。

ただならぬ事情を察して葵さんを家に招いて話を聞くと、母親が男と一緒に失踪。住んでいたアパートは家賃を滞納していて住み続けることができず、公園で途方に暮れていた。

そんな葵さんを見捨てることができず、俺の家で一緒に暮らすことを提案。

こうして俺が転校するまでの間、葵さんとの同居生活が始まった。

お互いに戸惑いながら同居生活をスタートしてすぐ、葵さんが不良でもギャルでもないと知った俺は、親友の瑛士と泉の力を借りて葵さんの抱える問題を解決しようと決意する。

解決すべき葵さんの問題は二つ。

一つは学校内での悪評の改善。

もう一つは、俺が転校した後の居住問題。

一つ目は俺たちの協力や葵さんの努力もあり、一学期のうちに概ね改善することに成功。

そして夏休みに入り、二つ目の問題を解決すべく、葵さんの祖母の家を探し始めようとしていた時だった。


――葵さんの生き別れの父親が、九年ぶりに俺たちの前に現れた。


父親は行方をくらました母親から葵さんを引き取って欲しいと頼まれてやってきたらしく、葵さんに一緒に暮らそうと提案。夏休みが終わるまでに返事が欲しいと口にする。

突然の父親との再会に困惑する中、瑛士と泉、日和の協力を得て葵さんの祖母の家探しを開始したんだが……夏休み中に葵さんの祖母の家を見つけることはできなかった。

いよいよ父親を頼るしかないと思っていた時だった。

俺は父親から呼び出され、葵さんの家庭の事情や父親の本心を聞かされる。

それと同時、自分がどうして父親を敵視していたのか、自分の心の中にあった黒い感情に気づかされた。

――俺は葵さんと一緒にいたいが故に、父親に悪者でいて欲しかった。


父親が悪い人なら、これからも俺が葵さんと一緒にいていい理由になる。

でも実際は、父親は悪い人ではなく誰よりも葵さんの幸せを考えてくれていた。

俺は葵さんの幸せを願いながら、自分の願望のために父親に嫌悪感を抱いていた己の醜さを自覚すると同時、自己嫌悪に耐えられず、嫌われる覚悟で葵さんに本心を告白した。

だけど葵さんは、そんな俺を軽蔑するどころか受け入れてくれた。

それだけではなく、俺が転校するまでなにがあっても一緒にいると約束をしてくれた。

俺が一緒にいて欲しいだけではなく、葵さん自身も一緒にいたいからと。

葵さんは父親に自分の気持ちを告げ、父親も葵さんの想いに理解を示し、また父親が祖母の実家を覚えていたことで祖母とも無事再会を果たした。


こうして夏休みは終わり、穏やかな日々を過ごしていた九月の下旬。

葵さんの抱える問題は全て解決し、俺に残された時間――さよならへのカウントダウンが残すところ半年を切る中、俺は葵さんに対する感情に名前を付けるべく過ごしていく。

6

そのはずだったのに――。

俺たちは新たな問題に直面するなんて夢にも思っていなくて、いずれ訪れる別れは避けられないとしても、それまでは穏やかな日々を過ごせると信じて疑わなかったんだ。

第一話　学園祭実行委員

二学期が始まりしばらく経った、とある水曜日の午後――。

最後の授業で行われるロングホームルームが始まってすぐのこと。

「みんなも知っての通り、十一月の第二土曜日と日曜日は我が校の学園祭！」

教壇に立っているクラス委員の泉は、黒板に『もうすぐ学園祭！』とでかでかと書きなぐってから振り返ると同時、遠足前の小学生みたいに目を輝かせながら声を上げた。

「というわけで、今日の議題は学園祭について。うちのクラスで実施する出し物と、学園祭実行委員二名の選出について話し合います！」

瞬間、教室内が沸くように拍手喝采に包まれた。

泉のハイテンションに釣られるように妙な盛り上がりを見せるクラスメイト一同。

さすがに学園祭くらいで騒ぎすぎだと思われるかもしれないが、うちの学校の学園祭は他校とは少し違い、毎年盛大に行われることで有名だったりする。

理由は大きく二つあり、一つは市のお祭りと同日に開催される点。

市のお祭りの一環として学園祭が実施されることもあり、お祭りに足を運んだお客さんがつ

いでに学校にも足を運ぶため、他校に比べると生徒以外の一般参加者が多い。

地元の人なら大抵一度はこの学校の学園祭に足を運んだことがあるらしい。

そして二つ目は、出し物で得た売り上げが全てクラスに還元される点。

学園祭実行委員会から与えられた予算の中で運営し、売り上げの中から予算を返した差分の利益はクラスで自由に使えるため、生徒の学園祭に懸ける熱量が半端じゃない。

イベント事は人によっては乗り気じゃない奴や、我関せずの奴が一人や二人はいるものなんだが、うちのクラスはムードメーカーの泉が中心人物だからだろうか？

話し合いの段階から一致団結、すでに本番当日みたいなテンションだった。

さすがにうるさすぎて隣のクラスに迷惑じゃないかちょっと心配。

「まずは出し物について。みんなの意見を募りたいところなんだけど、こういうのってゼロから考えるとなかなか決まらないでしょ？　だから、事前にわたしの方で考えておいた案があるの。よかったら、みんなには案を聞いてから考えてもらえたらなって思うんだけど……」

泉は控えめに言いながらも、みんなに期待を持たせるように言葉を溜める。

まるで今から名案を口にするとでも言わんばかりに意味深な笑みを浮かべ。

「和風金髪ギャル喫茶なんてどうかな！」

なんだ、その属性てんこ盛りの喫茶店は！

この場がホームルームじゃなかったら、俺が真っ先に突っ込んでいたに違いない。

もうすぐ
学
祭!

泉はいわゆる和テイストのものが好きで、ドレスよりも着物、紅茶よりもお茶、ケーキよりも和菓子が好き。さらに言うと趣味は女子高生にしては珍しい盆栽ときたもんだ。

お茶と和菓子には目がない泉が和風喫茶を提案するのは理解できる。

また、金髪ギャル喫茶もコンセプト的にわからなくはない。

メイド服を着た外国人金髪美女は漫画やアニメでよく見るし、見た目だけなら金髪ギャルに見えなくもない。たぶん探せば金髪ギャルをコンセプトにした喫茶店もあるだろう。

ただ、なぜ和風喫茶と金髪ギャルをくっつけた？

和洋折衷にしても食い合わせが悪すぎるだろうと思ったんだが。

『いいじゃん。金髪ギャル！』『普通の喫茶店やってもつまらないし面白いことやりたい』『和風にする辺りが泉さんらしいよね』『じゃあ当日は全員金髪ギャルにならないと！』

などなど、女子を中心に好感の声が上がった。

「なるほどな……」

満足そうにクラスメイトの声に頷く泉を見て、思わず察して声が漏れた。

おそらく泉は事前にクラスメイト数人に話をして賛同の声を集めていたんだろう。

確かにゼロから意見を募った場合、いつまで経っても纏まらずに時間を浪費する可能性が高い。だったら前もって一定の賛同者を集めておくのは賢いやり方だ。

たぶん男子には声を掛けていなかったんだろうけど、男子は女子のコスプレもとい和風衣装が見られるから満足だろうし、この空気なら反対する奴はほとんどいないだろう。

まぁ、誰も真似できるやり方じゃないから参考にはならない。

普段から周りの世話を焼きまくり、クラスメイトになにかあれば、たとえ手に負えなくてもお構いなしに助けようとする泉だからこそ受け入れてもらえるやり方だ。

その証拠に、出し物は満場一致で和風金髪ギャル喫茶に決定した。

とはいえマジかと思わずにはいられないが。

「みんなありがとう！　じゃあ次は学園祭実行委員を二人決めたいんだけど」

泉は盛り上がるクラスメイトをなだめて次の議題に進む。

「本来なら出し物を決める前に実行委員を決めるのが先だと思うんだけどね」

そう、俺もそれは疑問に思った。

順番としては実行委員を決めた上で、実行委員の仕切りで出し物や係を決める。

それなのに先に出し物を決めたのは、泉がクラスの出し物をなんとしても和風金髪ギャル喫茶にしたいからだろうと思ったんだが、どうやら前置きをする辺り……。

「実はね、わたしの中で実行委員をお願いしたい人は決まってるんだ」

そんなことだろうと思った。

初めから頼む相手が決まっているから後回しにした。

「正直に言うと、やって欲しい人が決まってるから和風金髪ギャル喫茶にしたくらい。言い換えれば、その二人がいるから和装金髪ギャル喫茶が実現できるまである！」

ずいぶんな言いようだが、どういう意味だろうか？

そこまで力強く言い切る辺りよほどのキーマンであり、かつ先に出し物を決めたということは当人には事前に話を通してあるんだろうか……まぁ、どんな意味でも俺には関係ない。

そう思いながら机に肘をついて窓の外に目を向けた直後。

「晃君、葵さん、実行委員をやってもらえないかな!?」

「はぁ――!?」

窓の外に向けかけた視線を首ごと捻って教壇へ戻す。

反射的に上げた疑問の声が、静まり返った教室に響いた。

同じく指名された葵さんに目を向けると、驚きよりも困ったような表情を浮かべている。不意に俺と目が合うと、葵さんは申し訳なさそうな表情を浮かべて肩を竦めた。

そんな葵さんのリアクションを見てすぐに状況を察した。

「おいおい、俺にはなんの話もなしかよ」

俺には――。

つまり、泉は葵さんには事前に話を通してあるんだろう。

「ごめんね。でも晃君と葵さんが適任だと思うのは理由があってなんだよ」

「……一応、聞くだけ聞こうか」

そう言葉を返すと、泉は俺だけではなくクラスメイト全員に説明するように語り出す。

「まず葵さんを指名した理由だけど、葵さんは高校に入学してからずっと喫茶店でアルバイトをしているの。喫茶店のことに詳しくて接客の経験もある、葵さん以上に頼もしい人は他にいないと思うんだ。それに、金髪ギャルといえば葵さんでしょ？」

泉が冗談を言うようにおどけて見せると、教室が小さな笑いに包まれた。

でもそれは、決してからかっている笑いではなく納得から漏れた笑いだった。

というのも、夏休み前に泉の協力もあってクラスメイトと仲良くなった葵さんは、今ではみんなから金髪ギャルだったことをいい意味でネタにされるくらいに打ち解けていた。

だから『金髪ギャルといえば葵さん』という泉の発言に教室が笑いに包まれたわけだ。

葵さんは恥ずかしそうにしているが、それでもクラスメイトのこの変化は、一人孤立していた以前の葵さんの状況と比べれば間違いなくいい変化なんだと思う。

「そんなわけで、実行委員の一人は葵さんが適任だと思ったの」

クラスメイトたちは異議なしといった感じで頷く。

「でね、もう一人を晃君にお願いしたい理由は、これも今さらなんだけど……」

またまた泉は嫌な含みを持たせて口にする。

「葵さんのお世話といえば晃君でしょ？」

するとクラスメイトは、先ほど以上に納得した様子で頷いた。

「……そんなことだろうと思ったよ」

思わず溜め息が漏れる……つまりあれだ、俺が葵さんのためにあれこれ奮闘していたのが、今となってはクラスメイト全員にとって周知の事実ということ。

まぁ同じクラスだから俺が葵さんを気に掛けていたのはバレバレなわけで、実は二学期が始まって早々、俺と葵さんの関係についてクラスメイトから疑問の声が上がった。

──晃君と葵さんは付き合ってるの？

俺と葵さんが一緒にいたところ、一人の女子にド直球に質問されて固まる俺たち。

なんて答えるか困っていると、泉が『変に噂（うわさ）されるくらいなら話した方がいい』と、俺が葵さんのために色々していたことを話せる範囲でクラスメイトに説明してくれた。

その結果、葵さんが金髪ギャルじゃなくなったのも、ちゃんと学校に来るようになったのも、成績が上がったのもクラスに馴染（なじ）めたのも全部が全部、俺のおかげということに。

いや、さすがに盛りに盛りすぎだろ。

泉がどんな説明をしたのかは怖くて聞いていないが、結果、変に関係を疑われる心配はなくなり、代わりに葵さんのお世話係みたいに思われて今に至る。

……まぁ俺にとっては周知というか羞恥（しゅうち）の事実ってわけだ。

さすがに一緒に暮らしているのは秘密だけどな。

「そんなわけだから、引き受けてもらえないかな？」

引き受けてもらえないかなって……葵さんが引き受けるなら俺が断らないとわかって聞いている上に、この空気で断ったらクラスメイト全員から大顰蹙を買うこと間違いなし。

上手いこと断れない状況を作る辺り泉の方が一枚上手。

観念しながら小さく溜め息を漏らす。

「……わかった」

「いいの⁉」

泉は大げさに喜んで見せる。

「俺は部活もバイトもしてないから時間はあるし、葵さんが俺と一緒でいいならだけど」

「私は大丈夫。晃君が一緒なら頼もしい」

「そういうことで、ありがとう二人とも！」

泉が笑顔で拍手をして見せると、クラスメイトも満場一致で手を叩く。

葵さんがやるなら他の奴にやらせるのもなんだしな……なんて思った直後。

「早速今日の放課後、実行委員の最初のミーティングがあるからよろしくね！」

「は？」

さすがに耳を疑った。

「今日の放課後？　いやいや、ちょっと待て。さすがに急すぎないか？」

昨日の今日ならまだしも今日の今日とかおかしいだろ。

泉にきつめの視線を送ると、露骨に気まずそうに目を逸らした。

「おまえ、まさか……忘れてたのか？」

「実行委員を決めるのは忘れてなかったんだけど、ミーティングが今日なのをね……」

「いやそれ、半分忘れてたってことだからな」

「葵さんには事前に話してあったもん！」

「いつ葵さんに話したんだよ」

「今日の朝！」

「そんなことだろうと思ったよ！」

さすがに我慢できずに思いっきり突っ込んだ。

そんな俺と泉のやり取りを笑いながら眺めているクラスメイト一同。

みんな『まぁ泉ちゃんだしね』『いつものことすぎて逆に安心する』『当日でも思い出しただけ偉いと思う』などなど、みんな他人事だからといって好き放題言ってくれる。

しかも一番必死に笑いを堪えているのがよりにもよって瑛士、おまえか……。

自分の彼女のことなんだから、笑ってないでなんとかしてくれよもう。

まぁ、笑い話で許されるのは泉がクラスメイトから信頼されている証だからいいことだが、当事者の俺からしたら、俺が笑いを提供しているみたいだから勘弁して欲しい。

なんだか少しはめられたような気がしなくもないが……泉には多々感謝している。

それにここだけの話、葵さんの金髪ギャル姿がまた見られると思うと楽しみで仕方がなく、心の中では嬉しくて小躍りしているくらいだから引き受けてやるか。

こうして俺は表向きには渋々、内心喜んで学園祭実行委員をすることになった。

＊

ロングホームルームが終わった後の放課後——。

「学園祭実行委員の人、たくさんいるんだね」

「全学年全クラスから集まってるからな」

俺は葵さんと一緒に学園祭実行委員の初ミーティングに参加するため、特別教室棟にある多目的教室に足を運んでいた。

学園祭実行委員は各クラス二名ずつ。

うちの学校は一学年十クラスあるから、単純計算で一学年二十人×三学年の六十人の実行委員がいることになり、さらに実行委員会のメンバーを入れればそれ以上。

そのため、多目的教室は空席がないどころか座れずに立っている生徒もいる。

そんな中、俺と葵さんは端の席に並んで腰を掛けていた。

「それでは今から、学園祭に向けた最初のミーティングを開始します」

全員が集まると、三年生の実行委員長が切り出してミーティングはスタート。

人数が多くてプリントを配るのも苦労する中、順番に議題は進んでいく。

日時の確認、各クラスの出し物の申告期限。それに伴い特別教室を使用する場合は事前に申請の上、他のクラスと被った場合は抽選になるなど、主に締め切りや注意事項が中心。

併せて一クラスに与えられる予算など、初回の打ち合わせにしては詳細まで説明を受ける。

質疑応答の時間も含めると四十分ほど。

初回のミーティングにしては思いのほか早く終わった。

「それでは各クラス、来週中に申告書に出し物を記入して提出してください」

実行委員長は最後にそう言うと、ミーティングの終了を告げてお開きとなる。

「晃君、なにしてるの？」

みんなが席を立つ中、俺がプリントに向かっているのを見て疑問に思ったんだろう。

葵さんは俺の手元を覗（のぞ）き込みながら尋ねてきた。

「提出期限は来週中って言ってたけど、うちのクラスはもう出し物が決まってるからさ」

申告書に『和風金髪ギャル喫茶』と記入して席を立つ。

実行委員長へ申請書を差し出すと、実行委員長と委員会メンバーは驚きというか困惑というか、とにかく突っ込みたそうな表情で申請書に視線を落とす。

「じゃ、よろしくお願いします」

「よ、よろしくお願いします……」

あれこれ聞かれる前に早々に退散するに限る。

葵さんと一緒に挨拶を残し、多目的教室を後にしたのだった。


「あ、お疲れさま！」

学園祭実行委員のミーティングを終えて教室に戻ると泉と瑛士が残っていた。

他の生徒が帰宅する中、俺たちが戻ってくるのを待っていてくれたらしい。

「ミーティングはどうだった？」

「詳しいことは明日の朝のホームルームで説明するが、今日のところは一通り説明を受けて終わりって感じだ。出し物の申請書は来週中に提出しろって言われたんだけど、先送りする理由もないから今日出してきた。これでもう後戻りできないからな」

「さすが晃君、仕事が早くて助かるな～♪」

泉は珍しく手放しで俺を持ち上げようとしてくる。

今朝までミーティングを忘れていたことを多少は悪いと思っているらしい。

俺たちは帰り支度を済ませてから教室を後にし、久しぶりに四人で帰路に就く。

「それにしても、晃君が引き受けてくれて助かったよ～」

「なにが引き受けてくれてだよ。引き受けざるを得ない状況を仕込んでいた上に、最初から断られるなんて思ってなかっただろうに」

「あ、気づいちゃった？」

「さすがに気づくだろ」

泉は誤魔化すように笑って見せる。

つまり泉は、はなから俺と葵さんに頼むつもりでいて、そう決めたことで安心しきって忘れていた。泉の中では俺たちに頼むと決めた時点で半ば終わった話だったんだろう。

断られない確信があったから当日まで忘れていたのに焦りの色の一つも浮かべなかった。

その通りだからいいけどさ。

「でも葵さんが引き受けるとは思わなかったから驚いたよ」

「そう？」

「なにか理由でもあるの？」

「そ、それは……」

葵さんはなにやら誤魔化すような表情を浮かべて目を逸らす。

そのリアクションを見て、微妙に嫌な予感が頭をよぎった。

『おい泉……おまえ、また葵さんに適当なこと吹き込んだんじゃないだろうな？』

葵さんに聞かれないように小声で詰め寄ると。

『え、え～？　な、なんのことかな～？』

目を泳がせながら口笛を吹こうとするが擦れた音しか鳴らない。

誤魔化すのが下手くそすぎるのはともかく、そんなことだろうと思ってはいた。

なにしろ泉は葵さんが純粋でなんでも信じるのをいいことに、これまで何度も適当なことを吹き込みまくってきた。

勉強合宿の時は『合宿といえば夜食！』とか、瑛士の別荘で料理をしていた時は『手を猫にしてニャーって言うと上手に切れるよ』とか『仲良くなるには裸の付き合いが一番！』と言って俺の入浴中にお風呂に突入させたりとか……それについてはありがとう。

つまり葵さんの様子がおかしい時は、泉がよからぬことを吹き込んだ場合が多い。

ていうか、ほぼ鉄板といってもいい。

「まぁまぁ、別に面倒事を押し付けようってつもりじゃないからさ」

「そんなふうには思ってないが、それならそれで、どういうつもりなんだ？」

葵さんに話を付けてまで俺に実行委員をさせたかった理由。

そのくらいは聞かせてもらってもいいだろうと思って尋ねると。

「晃には思い出に残ることをして欲しくてね」

泉の代わりに瑛士が答えた。

「俺に思い出?」

「二年なら修学旅行、三年なら卒業式とか大きなイベントがあるけど、晃が転校するまでにある学校のイベントは学園祭くらいだろう?」

「ああ」

「実行委員をすることで、少しでも思い出深いイベントにして欲しくてね」

「そうだったのか……」

……ずるいよな。

そんなことを言われたら文句の一つも言えなくなる。

「気を使ってもらって悪いな……いや、ありがとう」

思わず謝りかけて、お礼の言葉を言い直す。

謝罪の言葉はそこまで考えてくれていた三人に対して失礼だろう。

ふと葵さんと出会った頃のことを思い出す——当時、葵さんはなにかと謝ってばかりいて、でも徐々に、謝罪の言葉よりもお礼の言葉を言ってくれるようになったことが嬉しかった。

だから俺もこの先、みんなには一言でも多くお礼の言葉を残したいと思った。

それでも……俺の言葉にはどうしたって感謝以外の感情が乗ってしまう。

「お礼なら葵さんに言ってあげてよ」

「葵さんに？」

「ちょ、ちょっと泉さん！」

なぜか葵さんが慌てた様子で泉の口を塞ごうとする。

泉は葵さんの手をするりとかわすと、背中を押して俺の前に立たせた。

「今回の件は葵さんから相談を受けて決めたの。晃君に思い出を作って欲しいんだけど、どうしたらいいかなってね。学園祭が近いし一緒に実行委員やればいいよって」

「泉さん、言っちゃダメ――」

突然暴露する泉に、葵さんは羞恥の極みのような表情で縋りつく。

なんかもう、恥ずかしがっているような照れているような泣いているような。夏休み中、葵さんが泉と日和に頼んで密かにミッションをこなしていたことがバレた時のような顔。

「それは言わないでねって言ったのに――」

「あれ～？　そうだったたっけな～♪」

明らかにすっとぼけている泉と、恥ずかしそうにしながら泉に詰め寄る葵さん。

そんな二人の様子を眺めながら、言い出したのが葵さんだということに驚きを隠せない。

なぜかって？

泉の言葉が本当なら、葵さんは自らの意志で実行委員を引き受けたことになるからだ。

もちろん、泉が葵さんに余計なことを吹き込んだのも理由の一つかもしれない。

でも、今でこそクラスに馴染んできたものの、性格的に人見知りで前に出るのは苦手なはずの葵さんが、俺に思い出を作らせるために実行委員を引き受けてくれたなんて……。

「葵さん」

俺は足をとめて葵さんに向き合う。

「ありがとう。俺のために色々考えてくれて」

「そんな……私の方こそ、いつも助けてもらってばかりだから」

泉に全部バラされてすごく気まずそうな葵さん。

身体を隠すように胸の前で腕を取り、俯きながら視線を流す。

「俺の思い出作りのためだけじゃなく、クラスのみんなのためにも頑張らないとな」

「うん。そうだね」

それでも、はにかみながら笑顔を浮かべてくれたのが嬉しかった。

「まぁそんなわけだから、今から葵さんのアルバイト先に行くよ！」

「葵さんのアルバイト先？　なんでだ？」

「詳しくは着いてから話すけど、喫茶店をやるならプロに話を聞くべきだと思って。実は葵さんから店長にお願いしてもらって、閉店後に時間を取ってもらってるんだ♪」

ああ、なるほど。

つまり俺に伝えるのを忘れていた以外、他は抜かりなく話を通してあるってことか。

全く、用意が良いのか悪いのか……なんとなく内容を察しつつ、俺たちは葵さんのアルバイト先の喫茶店へ向かった。

＊

喫茶店に着いた俺たちは泉を先頭にドアを開けて店内に足を踏み入れる。

するとタ方の時間帯にしてはいつもより多くのお客さんで賑（にぎ）わっていた。

「いらっしゃい」

店長は忙しそうに手を動かしながら笑顔で出迎えてくれた。

「私、着替えてくるね」

葵さんはお店の状況を察すると小走りでバックヤードへ消えていく。

俺と泉と瑛士の三人はいつもの席に腰を掛ける。

すると、しばらくして店長がお水とおしぼりを持ってきてくれた。

「予定通り、話を聞いてあげられるのは閉店後になりそうだけど大丈夫かな？」

「もちろんです。むしろすみません、急なお願いをしてしまって」

「いやいや。気にせずのんびり待っていて欲しい」


「こんにちは〜♪」

「はい。ありがとうございます」

店長は穏やかな口調で答え、俺たちから注文を聞くとカウンターに戻っていく。

少しすると、制服に着替えた葵さんが注文した飲み物を運んできてくれた。

「お待たせしました」

「ありがとう」

接客モードの葵さんからコーヒーを受け取って口に運ぶ。

「やっぱり葵さん、ここの制服似合ってるよね～♪」

「そ、そう？　改めて言われると恥ずかしいな……でも、ありがとう」

葵さんは褒められ慣れていないせいか頬を染めつつ、泉にお礼の言葉を返す。

黒を基調としたシャツと長めのスカートに、白いフリル付きのエプロン。長い髪をシュシュで纏めている姿は何度も見たが、こう……普段と違う格好だからぐっとくる。

ぶっちゃけ女の子のメイド服姿って男にとっては眼福以外のなにものでもない。

「なんかもう、学園祭もこの制服でいいような気がしてくるくらい似合ってる！」

自分の言葉に納得した様子で首をぶんぶん縦に振る泉。

だったらなぜ和風金髪ギャル喫茶にしたんだよ……。

メイド喫茶でよかったじゃないか、なんて突っ込んだところで無駄なこと。

俺は瑛士や泉と適当な会話を交わしつつ、葵さんが店内を歩く度に小さく揺れるポニーテールと、その隙間から覗くうなじを目で追いながら閉店まで時間を潰した。

バレると恥ずかしいからこっそり見ていることにしよう。


二十時を過ぎ、最後のお客さんが退店した後――。

葵さんと店長は飲み物を手に俺たちの席へやってきた。

「待たせてしまって申し訳なかったね」

「いえ、こちらこそ忙しい時にお伺いしてすみませんでした」

「葵さんから折り入って相談したいことがあると聞いているけど」

店長はそう言いながら椅子を引いて腰を下ろす。

その口ぶりを聞く限り、葵さんから相談があるとは聞いているものの内容――つまり、学園祭で喫茶店をやることや、協力して欲しいということまでは話していないんだろう。

俺も泉から話を聞いたわけじゃないから憶測でしかないが、店長に話があるということはプロの協力を得たいからだと考えて間違いないはず。

「実は店長にお願いがあるんです」

なんて予想していたんだが。

「晃君をアルバイトに雇って欲しいんです！」

「――ぶはっ⁉」

泉は元気いっぱい、欠片（かけら）も予想していないことを言い放つ。

あまりにも突拍子のない発言に思わずコーヒーを吹き出しかけた。

「ちょ、ちょっと待て泉！」

おしぼりで口を押さえ落ち着いてから声を上げる。

話に脈絡がなさすぎて、さすがにとめずにはいられない。

店長も少し困惑した表情で首を傾げていた。

「なんで俺がここでアルバイトをするって話になるんだ？　俺はてっきり学園祭で喫茶店をやるにあたって店長に色々教えてもらうとか備品の手配なんかの相談をするとか、そういう話だと思ってたのに、どこをどう考えたら俺がここで働くって話になるんだ？」

驚きすぎて一気にまくしたてると。

「と、いうわけなんですよ」

「なるほど……」

泉は説明の手間が省けたと言わんばかりに店長に話を振る。

すると店長も納得した様子で頷いた。

「つまり、そのために晃君をうちで雇って勉強をさせて欲しいと」

「さすが店長、晃君と違って話が早くて助かります♪」

いやいや、だからちょっと待ってくれ。

なんか話がとんとん拍子で進んでいるが、本人を置き去りにしないでくれ。

「なんとなく話はわかったけど、そういうのはせめて当人に説明をしてから進めてくれ。とりあえず最初から、おまえの頭の中で決まってることを言語化してくれ」

そう頼み込むと、泉はやれやれといった感じで溜め息を吐いて語り出す。

まるで仕方がないなぁとでも言わんばかりの態度に、文句の一つも言いたいが今は我慢。

「学園祭の出し物で喫茶店をやるにしても、クラスメイトの中には実際になにをやればいいかわからない人の方が多いと思うの。ていうか、わたしたちもよくわかってないし」

「ああ。まぁ、そうだろうな」

「だから接客の仕方や、喫茶店をやる上での段取り的なことを教えてくれる人が必要だと思うの。普段からアルバイトをしてる葵さんを頼るのはもちろんだけど、葵さん一人でクラスメイト全員に教えるのは無理がある。だから晃君もアルバイトしてお勉強してもらって、葵さんと二人でクラスのみんなに教えてあげてもらえたらと思ってね」

「……なるほどな」

確かに泉の言うことはもっともだし、こうして順を追ってもらえれば理解できる。

実行委員を引き受けた以上、その辺りのことを考えるのも俺の仕事なんだろうな。

ただ――。

「俺はこれから実行委員の仕事で忙しくなるし、放課後は出し物の準備で潰れるだろうし、アルバイトとの両立ができるか不安だな……それは葵さんにも同じことが言えるけどさ」

「それなら安心して」

懸念(けねん)を口にすると泉は即答した。

「二人に実行委員を任せたけど、わたしと瑛士君も協力する。うちのクラスに限っていえば実行委員は四人いるようなものだから、晃君にここで働いてもらう余裕はできるはず」

「そうか。それなら確かに不可能じゃないな……でも」

ただ一つ、逆に疑問に思う。

「ここでアルバイトさせてもらうの、俺じゃなくてもよくないか？　泉や瑛士にしてもらう方が俺の手が空いていいような気がする。ほら、実行委員の集まりとかもあるだろうし」

俺としては当然のことを言ったつもりだったんだが、泉は不満そうに頬を膨らませた。

全くもう……本当にこの男は、とでも言わんばかりにジト目を向けてくる。

なぜだ。

「実際は晃の言う通りだと思うし、その方が効率的だと思うよ」

すると瑛士が助け船を出すように話に割って入ってきた。

「でも時には効率を求めるよりも大切なことがあると思う。それにさ、せっかく葵さんと一緒にアルバイトができるのに、晃を差し置いて僕や泉がアルバイトをしていいのかい？」

瑛士にしては珍しくからかうような口調で言葉にする。

そこまで言われて、ようやく泉が俺にアルバイトをやらせたい理由を察した。

葵さんが俺に思い出を作って欲しくて実行委員を引き受けたように、泉は俺に、葵さんと一緒にアルバイトをする思い出を作らせるために店長にお願いをしてくれているんだろう。

からかわれているようで少し恥ずかしい気もするが……。

「店長」

俺は改まって店長に向き直る。

「短い間になると思いますが、ここで働かせてもらえませんか？　学園祭を成功させるために色々教えて欲しいんです。もちろん事情が事情なのでただ働きで構いません」

「もちろん。私にできることならなんでも協力するよ。とはいえ働いてもらう以上、ただ働きというわけにはいかないから、そこだけはご希望に沿えないけど問題ないかな？」

「ありがとうございます」

笑みを浮かべて見せる店長に改めてお礼の言葉と共に頭を下げる。

こうして俺は葵さんと一緒に喫茶店でアルバイトをすることになった。

クラスのみんなのためはもちろん、俺のことを気に掛けてくれる葵さんと泉と瑛士のため。

そして自分のためにも、実行委員として学園祭を成功させようと心に誓った。

その後、泉を中心に喫茶店をやるにあたり色々相談をしたり、アドバイスを受けたりしつつ、俺と葵さんは今後のアルバイトのスケジュールについて店長と話し合う。

葵さんはいつも平日の放課後にアルバイトをしていたが、今後は放課後に学園祭準備があるため平日のシフトは減らしてもらい、代わりに土曜日に入れるようにしてもらった。

俺も平日だけじゃなくて土曜日に長時間働く方が慣れるのも早いだろうということで、シフトは葵さんと合わせることにし、早速今週の土曜日から働くことが決定。

こうして学園祭の話が出てからたった一日。

爆速で出し物と実行委員とアルバイトが決定した。

*

喫茶店を後にしたのは二十一時半過ぎ――。

「遅くなっちゃったな」

すっかり暗くなった夜道の中、俺と葵さんは並んで帰路に就いていた。

九月下旬ともなれば季節的には夏の終わり。

日中はまだ暑い日があるものの、日が落ちると肌を撫でる風は涼しく、少し前まで猛暑の中、葵さんの祖母の家探しをしていたのがずいぶん遠い出来事のように感じる。

「それにしても、実行委員にアルバイトか……急に忙しくなりそうだな」

「そうだね。でも泉さんも瑛士君も手伝ってくれるから、きっと大丈夫」

「ああ。それに、忙しいくらいがちょうどいいのかもしれないな」

葵さんにではなく、自分自身に言い聞かせるように口にする。

夏休み前から薄々気づいていたのに目を背けていたこと。

それでも夏休み中に自覚し、もう嘘は吐けない一つの感情。


──俺はみんなと過ごす残りの半年間を名残惜しく思っている。

──できることなら転校をしたくないと思っている。


幼い頃から父親の転勤で転校を繰り返してきた俺にとって、別れは当たり前のことだった。

仲の良い友達と別れを繰り返し、仕方がないと割り切ることを繰り返し、いつしか誰かと深く関わることを避け、悲しみに心を痛めることすらなくなっていたんだろう。

でも俺は瑛士や泉、なにより葵さんと離れたくないと思うようになった。

それを明確に自覚したのは、葵さんの父親の登場がきっかけ。

俺は葵さんと離れたくないが故に父親に悪者であって欲しいと願っていた。そんな自分の気持ちに気づいた時、もう自分の感情に嘘を吐くことはできないと思った。

別れを惜しんでいると自覚して以来、暇があれば自分に残された時間について考える。

砂時計の砂が落ちていくような焦燥感に苛まれながら、なにをするにもタイムリミットを意識してしまう。

それこそ学園祭の話を泉にされた時も、もう十一月の話かよと思ったくらいだ。

だから余計なことを考えなくて済むくらい忙しい状況には感謝したい。

でもそれ以上に、葵さんには感謝しているんだ。

「葵さん、俺のために実行委員を引き受けてくれてありがとう」

葵さんは頬を赤く染めて俯いた。

「泉さんには言わないでねってお願いしておいたのに……」

「あいつはうっかり口を滑らすからな。悪気はないんだけどさ」

「うん。でも、夏休みに泉さんと日和ちゃんにお願いしたことも言っちゃうし……」

拗ねた感じでわずかに口を尖らせる。

どうやら葵さん、微妙に根に持っているらしい。

瑛士の別荘で過ごしていた際、事あるごとに二人が『ミッション』とか言っていたから、なにか企んでいるんだろうとは思っていたが、蓋を開ければ、葵さんが俺とより仲良くなりたくて二人にお願いしたものの、過剰なまでにお節介を焼かれた上に暴露された件。

思い出すと未だに気まずいというか、なんともいえない感情が湧いてくる。

でも俺以上に恥ずかしいのは葵さんの方だろう。

あの時の葵さんはこれ以上ないっていうくらい恥ずかしそうにして取り乱していたし、思い出している今も、夜道なのにわかるくらい耳まで真っ赤にしながら歩いている。

でも、葵さんには悪いけど——。

「俺は泉が言ってくれてよかったと思ってる」

「え……？」

「言ってくれなかったら俺、葵さんの気持ちに気づかなかったかもしれないから」

「晃君……」

「だから、泉にも葵さんにもありがとうって思ってるよ」

「うん……」

いつだったか、瑛士が言っていた言葉を思い出す。

——基本的に人と人はわかり合えない。

——言葉にせずにお互いを理解するのは不可能。

——だからこそ、思っていることを言葉にすることが大切。

俺は多少なりとも自分の思いを言葉にすることができるようになったんだろうか？

お互いのことを理解し合えるくらい、葵さんと言葉と想いを共有できているんだろうか？

……いや、まだまだだな。

でも、いずれ別れが訪れてしまうまでに、今より少しでもわかり合えたら。

そう願うのは、今の俺には我儘なことなのかもしれないと思った。

第二話　初めてのアルバイト

翌日から朝のホームルームの時間を使って学園祭の役割分担を決め始めた。

和風金髪ギャル喫茶(きっさ)の実施に向け、事前にやるべきことは大きく分けて三つ。

衣装の用意と、道具の準備と、メニューの選定。

学園祭の直前には和風金髪ギャル喫茶を運営する上での段取り、接客やお茶の淹(い)れ方などを練習する必要もあるが、その辺りはひとまず置いておくとして事前準備はその三つ。


まず衣装については、泉(いずみ)を中心に裁縫が得意な女子でチームを結成。

いかにも和風といった古き良き日本の文化の象徴たる着物をイメージした衣装にしたいらしく、なんでも泉の祖母が所持している古い着物を数着譲ってもらい、少しアレンジして大正ロマン的な当時の学生みたいな衣装を作ると言っていた。

本物の着物を使うのはもったいないような気がして心配したんだが、泉の祖母曰(いわ)く『誰(だれ)も着ないまま眠らせておくよりも孫の学園祭で使ってもらう方が有意義』ということらしい。

おばあちゃん、孫に理解があるというか良い人すぎないか？

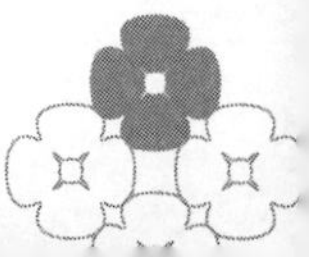

そして次に道具の準備だが、これは瑛士(えいじ)がリーダーをやってくれることに。

お茶を淹れる道具や食器類なんかは泉の家にあるものを使わせてもらうからいいとして、看板や店内の飾り付けの制作や、椅子&テーブルの手配、必要なものの買い出しもろもろ。

一部力仕事があるため、男子を多めにバランスよくチームを組んだ。

店内の飾り付けは正直センスが出るところだが、瑛士に任せておけば大丈夫だと思う。

もしかしたらこのチームが一番大変かもしれない。


最後はメニューの選定について。

なんでも泉に考えがあるらしく、後日改めて相談をしようということになった。

予算の大半はお茶代や一緒に出す食べ物代に消えるわけだから、ここの予算を先に決めないと他の制作物の予算を配分できない……とは言わないものの不安が残る。

泉曰く『大丈夫、心配ない！』と能天気に言っていたからクラスメイトは安心した様子だったが、みんな間違っている……こういうノリで発言している時の泉が一番危ない。

とはいえ、次の土曜日まで待ってくれと期限付きで言うから信じて待つことに。

なんで学校が休みの日にしたのかはわからないが理由があるんだろう。

そして俺と葵さんは、実行委員の仕事で打ち合わせや提出物などの事務作業。

その他各チームの進捗管理や、手が足りなければ都度手伝うなど臨機応変に活動。

そしてなにより、和風金髪ギャル喫茶を運営するにあたって接客や仕事内容をクラスメイトに教えるため、葵さんのアルバイト先の喫茶店で俺も一緒に仕事をさせてもらう。


こうして早々に役割分担は決定。

各チームに分かれて順調に作業がスタートした……かのように思われたんだが。

「よ、よろしくお願いします……」

開始早々、俺はいきなり問題に直面していた。

「こ、こちらこそ、よろしくお願いします……」

数日後の夜、俺と葵さんは自宅のリビングで向かい合っていた。

それだけならいつもの光景で、別に取り上げて問題があるわけじゃない。

じゃあいったいなにが問題なのかといえば、葵さんが水着姿だということ。

夏休みに四人で二万人プールに行った時に着ていた彩り豊かな花柄のフレアビキニ。

カラフルな色合いながら派手すぎることはなく、むしろ上品にすら見えるのはベースが白地の水着だからか、それとも身に着けている本人から溢れ出る雰囲気からだろうか。

布面積も少なめなのに、いやらしさよりも清純さが際立っているように見える。

まさか夏の終わりにもう一度拝めるなんて……眼福すぎて目が潰れそう。

なんて俺のやましい感想はともかく、なぜ葵さんが水着姿になっているかというと、泉から葵さんの衣装を作るにあたって身体のサイズを測って欲しいと頼まれたから。

いやいや、そんなの泉が測ってあげればいいだろと言ったんだが……。


「明日から作業を始めるから、今夜のうちに測ってもらわないと困るの」

「だったら泉が今からうちに来て測ってあげてくれ」

「わたしはこの後、予定があるからだめなんだー」

「ていうか、葵さんが自分で測っちゃだめなのか？」

「測れないところもあるし、自分で測ると正確な数字にならないから」

「いやでも……葵さんも男に測ってもらうのは抵抗あるだろ」

「葵さんにはＯＫ貰ってるからご心配なく～♪」

「マジで……？」

「……うん。私は平気」


という感じで今に至るんだが……。

まさか水着姿になるとは思わなかった。

葵さんに『測りやすければ水着じゃなくてもいいんじゃない？』と言ったんだけど、案の定泉から『サイズを測る時は下着姿か水着姿だからね♪』と言われたらしい。

葵さんから『下着姿は恥ずかしいから水着姿でもいい……？』と申し訳なさそうに言われたんだけど、いやいやいや、もちろんいいに決まってる。

いつも葵さんに適当なことを言って信じ込ませている泉だが、今回ばかりは本当なのか冗談なのか、女性の身体のサイズを測ったことがない俺には判断がつかない。

どうせなら下着姿限定だと決め打ちして欲しかったなんて微塵も思っていない。

「「…………」」

ダメだ、気まずくてお互い顔も合わせられない！

かといって葵さんの顔から視線を外すと他のあっちやこっちが目に付くわけで、もう本当……目のやり場に困るという言葉は、こういう状況の時に使うんだと思い知らされる。

とはいえ、いつまでも恥ずかしがってはいられない。

ずっと葵さんに水着姿で過ごさせるわけにもいかない。

本音は過ごして欲しいけど。

「本当にいいの？」

「……うん」

念のため確認すると、葵さんは唇を嚙みながら顔を真っ赤にして頷く。

もう好きにしてくださいと言わんばかりに目を閉じて両手を軽く広げた。

「し、失礼します……」

俺は意を決してメジャーを手に葵さんの身体を測り始める。

泉から頼まれたありとあらゆるサイズを測ってスマホにメモを残さないといけないんだが、まずはサイズといえばスリーサイズからなわけで上から順に計測を始める。

葵さんの脇から手を回し、背中でメジャーを摑んで胸元まで回したんだがすでにヤバい。

なにがヤバいって近い。とにかく近い、近すぎて視界のピントが合わない。

なにがとは聞かないでくれ。聞かなくてもご想像で百パーセント合ってるから。

頼むから今は誰も背中を押さないでくれ。いいか、押すなよ。絶対に押すなよ。

すみません嘘です蹴とばしても殴ってもいいから一思いに押してくれ顔をうずめたい。

とにかくもう興奮で頭の中はパニックだし、手は震えて正確に測れない上に触りそうになるし触りたいし、緊張で全身から変な汗が噴き出しまくるし――。

こうしてピンク色の空気の中、大人の身体測定をしながら夜は更けていく。

その夜、俺は大人の階段を一つ上ったような気がした。

＊

そして週末、泉の指定した九月最後の土曜日――。

俺はアルバイト先の喫茶店のバックヤードでお店の制服に身を包んでいた。

「ど、どうかな……？」

「うん。似合ってるよ」

いよいよ今日から葵さんが働く喫茶店で一緒にアルバイトをすることになり、俺は葵さんと一緒に開店前に出勤し、店長が用意してくれていた制服に袖（そで）を通している。

上は白地のシャツにネクタイと黒のベスト、下は黒のパンツスタイルに革靴。可愛（かわい）らしい女性用の制服とは対照的に、男性用の制服はずいぶんキッチリしている。

着せられている感が強く、鏡に映る自分の姿が想像以上にしっくりこない。

「なんか、自分では全く似合ってないように見えるんだけど……」

「そんなことない。見慣れてないだけで私は似合ってると思うよ」

目を輝かせながら言ってくれているから、お世辞ってわけでもないんだろうけど。

「晃（あきら）君の制服姿、なんか新鮮……」

そう呟（つぶや）く葵さんは俺よりもそわそわしているように見えた。

そわそわというより、うずうず落ち着かない感じ？

「あの、あのね……」

すると葵さんは窺（うかが）うようにごにょごにょごにょ。

なんだ、どうした？　なんて思っていると。

「一緒に写真撮っていい？」

葵さんはスマホを両手で持ちながら上目遣いでお願いしてきた。

「写真？」

「うん。初出勤記念の思い出」

葵さんは返事を待たずに俺の隣に並ぶと、片手でスマホを掲げ一緒に画面に収まるように顔を寄せてくる。

その瞬間、葵さんのいい香りが鼻をくすぐった。

いつもの葵さんなら恥ずかしがってこんなに近づかないんだろうけど、今は写真を撮ることに意識が向いているから気にならないのか、どうやら照れているのは俺だけらしい。

顔が赤いまま写真に写らないように必死に照れを隠しながらレンズに視線を向ける。

葵さんは満足そうな表情で写真を確認していたが、不意に不思議そうに首を傾げた。

「あれ？　晃君、なんだか顔赤いね」

「そ、そう？　気のせいじゃない？　照明の加減とか？」

「本当？　熱ない？　大丈夫？」

心配そうに俺の顔を覗き込んでくる葵さん。

距離が近いしいい匂いがすごいし余計に体温が上がりそう。

「本当に大丈夫だから、心配してくれてありがとう」

若干惜しい気持ちを我慢しながら葵さんから一歩離れる。

これ以上ドキドキすると仕事に支障が出てしまいそう。

「じゃあ行こっか」

バックヤードを後にし、葵さんに続いて店内へ。

するとカウンター内で開店準備をしている店長の姿があった。

「うん。よく似合ってるじゃないか」

「葵さんもそう言ってくれましたけど、自分ではしっくりこないです」

「すぐに慣れるさ。制服にも仕事にもね」

本当、そうだといいんだけど少し不安。

「今日は晃君の初出勤日だし、葵さんも朝からシフトに入ってもらうのは久しぶりだから、軽く朝礼をしながら仕事内容について説明しておこう」

「はい。お願いします」

店長は作業の手をとめて俺たちの前に立つ。

「細かなことは私や葵さんから教えるし指示もする。わからないことは作業中でも遠慮なく聞いてもらえればいいとして、晃君にはしばらくフロアの仕事を中心にしてもらいたい」

「わかりました」

「オーダーを取るのはある程度メニューを覚えてからでいいから、今日のところはお客様が来たらお水とおしぼりをお出しして、注文は葵さんが伺う。注文の品をお客様のところへお持ちするのは二人で分担という感じがいいと思うんだけど、どうかな？」

とりあえずお水とおしぼり、注文の品を持っていく……か。

「はい。大丈夫だと思います」

さすがに接客業の経験がなくてもそれくらいはできるだろう。

少し緊張してはいるものの、そう思っていたんだが。

「じゃあ、お店を開けよう」

オープン後、徐々にお客さんが増えていくにつれて当初の余裕はすぐになくなった。

いつも客として来ていた時に葵さんがしていた接客を思い出しながら、挨拶をしてからお水とおしぼりを出すだけなのに、たったそれだけのことがままならない。

休日のせいか次々にお客さんがやってくるから、どのお客さんにお水とおしぼりを出したかわからなくなるし、数を間違えて二度手間になるし、そうこうしているうちに注文の品ができ上がって店長に声を掛けられる。

しかもそれが、どこのテーブルなのか慣れないせいですぐに判断できない。

こんな感じで一時間が経ち、頭の中がパニックになりかけた時だった。

「晃君」

ふと穏やかな声音で名前を呼ばれて我に返る。

振り返ると、葵さんが水の入ったグラスを手に笑顔を浮かべていた。

「はい。これ飲んで少し落ち着いて」

差し出されるままにグラスを受け取る俺。

「あ、ああ……ありがとう」

冷たい水で喉を潤してから深呼吸をすると、少しだけ落ち着いた気がした。

「今いるお客様は私が応対するから、晃君は少し休んでて」

葵さんは笑顔でそう言うと一人フロアに戻っていく。

俺はお客さんの目の届かないところで休みながら葵さんの仕事ぶりに目を向ける。

するとそこには、俺の知らない葵さんの姿があった。

一人の客として足を運んでいた時には気づかなかったこと。

こちら側に立ってみると、葵さんがいかに手際よくこなしているのかがよくわかる。

お客さんにお水とおしぼりを提供しながら、注文をしたそうに顔を上げているお客さんに笑顔を向けて気づいていることを伝え、戻りかけに注文を取って店長に伝える。

その合間に新規で来店したお客さんを席に誘導し、場合によっては先に注文を聞いておくなど臨機応変に対応。

普段は大人しく人見知りの葵さんからは想像もできないスムーズな接客。

その上、ずっと俺のフォローまでしてくれていたんだよな……。

葵さんの姿を見て素直にすごいと感心すると同時、ふと思った。

「葵さん、ありがとう。俺も仕事に戻るよ」

「うん。困ったことがあったらなんでも言ってね」

もしかしたら俺は勘違いをしていたのかもしれない。

俺はこの先も葵さんに手を差し伸べてあげる必要があると思っていた。

俺は葵さんに手を差し伸べたのだから、転校するまでの間、責任を持って葵さんを守り続けなくちゃいけない——心のどこかで、そんなことを考えていたんだと思う。

でも、こうして立派に働いている姿を見て思うんだ。

もう必要以上に世話を焼いてあげる必要はないのかもしれない。

きっと、いつまでも過保護なままじゃダメなんだろうなって。

「ああ。頼りにしてるよ、先輩」

「せ、先輩？　そんな、私が先輩だなんて……」

思いもしない呼び方をされたからだろう。

葵さんは驚いたような照れくさそうな表情で言葉を濁す。

「謙遜することないさ。色々教えてもらえると助かる」

「うん」

こうして俺は葵さんと一緒にフロアに戻る。

フォローをしてもらいながら仕事を続け、お昼に差し掛かった頃だった。

「いらっしゃいま――」

ドアの開く音が聞こえると同時、反射的に挨拶をしかけて口を噤んだ。

「……なんで二人が？」

なぜならそこには私服姿の瑛士と泉の姿があったから。

「晃君、意外と制服似合ってるじゃん！　ね、瑛士君」

「うん。意外と悪くないと思うよ」

カップル揃って褒め言葉の上に余計な接頭語を付けないでくれ。

どうせ着慣れてないし見慣れてないっての。

「二人揃ってどうしたんだ？」

「晃君がちゃんとお仕事してるか様子を見に来たに決まってるじゃん♪」

泉は俺の制服姿をマジマジ見ると、からかうような口調で言う。

「冷やかしなら帰れ。お昼時で忙しいんだから」

「様子を見に来たのは半分本当。もう半分は二人の休憩時間にちょっと話をしたくてね」

「話ってなんだ？」

「それはもちろん、学園祭のことについてだよ」

「それなら学校で話せばいいだろ」

「それはそうだけど、そしたら晃君のアルバイト姿を見に来る口実がないじゃん。それに言っておいたでしょ？　メニューの話は土曜日まで時間をちょうだいって」

なるほど、そういうことか。

つまり今日こうして俺の様子を見に来るというか、からかいに来るというか、元々そのつもりだったからメニューの話を土曜日まで待ってくれと言ったのか。

「そんなわけで、二人の休憩時間まで待ってるから席に案内してもらえるかな？」

「……どうぞ、こちらのお席へ」

「うんうん♪」

お客様扱いされて満足そうな泉と瑛士を席に誘導。

他のお客さんと同じようにお水とおしぼりを出し、ついでに注文を聞いてカウンターへ戻ったのはいいんだけど……まさか最初の注文を受けるのがこの二人だとは思いもしなかった。

よかったような、よくないような……。

なんとも複雑な気分だが、知ってる相手でよかったってことにしておくか。

「それで、メニューについて話すんだったよな？」

その後、お昼のピークを過ぎた十三時半頃――。

店長から休憩を取るように言われた俺と葵さんは、店長が作ってくれたまかないのナポリタンを手に泉たちの席に合流。

昼食を取りながら泉に議題の確認をする。

「そう。お茶と一緒に出すお茶菓子について相談したいの」

「お茶菓子？　お茶は決めなくてもいいのか？」

「お茶はわたしの方でだいたい決めてあるから大丈夫。抹茶をメインに、後は若い子が好むようなドリンクを何種類か考えるつもり。お茶の淹れ方もわたしがみんなに教えられるからその点も大丈夫。だからフードメニューをどうしようかと思って」

確かにお茶と一緒につまめるメニューも必要だろうな。

「お茶菓子か……俺は詳しくないけど和菓子屋でまとめて買えばいいんじゃないか？」

「そうした方が楽だとは思うんだけど、できれば自分たちで手作りしたいなって」

「手作り？」

思わず泉の言葉を繰り返す。

その考えはなかった。

「こういうイベントで飲食店をやろうとするとさ、晃君の言う通り大体は出来合いのもので済ますことが多いと思うの。それが悪いってわけじゃないんだけど、せっかくなら自分たちで、苦労してもいいから一から作る楽しみが欲しいなって思ったんだ」

「なるほどな……」

　確かに泉の言う通り、その方がみんなの思い出に残るだろう。

　たとえ上手くいかなかったとしても一緒に努力や苦労をした思い出が、いつか大人になって同窓会かなんかで再会した時、笑い話の一つになったりもするんだろう。

　そんなことを考える俺の隣で瑛士が泉をフォローするように続ける。

「校内には調理実習室があるからお茶菓子を作る環境は整っているし、なにを作るかさえ決めれば材料を揃えるのも難しくない。人手も足りないってことはないだろうから現実的だと思う。実は事前にクラスの数人に聞いたところ、概ねお菓子作りは好評だったんだ」

「クラスのみんなが賛成ならいいんじゃないか」

「本当⁉」

　泉が席を乗り越えそうな勢いで前のめりに声を上げた。

「ただし実行委員として聞きたいことが二つある」

「なんでも聞いて！」

「一つは予算内で数を揃えられるかどうかだな。何種類くらい作ろうと思ってるんだ？」

「何種類というよりも、プレートに色々載せてセットメニューにしたいと思ってるの。例えば抹茶ケーキと大福と、あと羊羹とか。色々楽しめる形がいいかなと思って」

泉はスマホでとある茶房——つまりお茶屋のホームページを表示する。

そこには一枚のプレートに複数の和菓子が見栄えもよく並べられていた。

なるほど。見た目も可愛らしく芸術的で、確かに女子はそういうのが好きだよな。

出来合いのものをまとめて買うよりも自分たちで作る方が材料費だけで済む分、総額は安くできるだろうから予算的には問題ないかもしれない。

後で細かな計算はするとして、問題はもう一つ。

「お茶菓子って自分たちで作れるもんなのか？」

「それなら大丈夫。日和ちゃんとおうちでお茶する時は一緒に作ったりしてたから」

そう言えば中学の頃、二人がうちの台所でなにかしていることがあったな。

今までなにをしていたのか不明だったけど、あれはお茶菓子を作っていたのか。

お茶や和菓子に只ならぬ拘りを持っている二人らしい。

「もちろん完璧に再現しろって言われたら無理だと思うけど……」

「完璧じゃなくてもいいだろ。さっき泉が言った通り、こういうのは自分たちでやることに意義がある。お客さんに出せるレベルの味さえ担保できれば完璧は求めないいさ」

「じゃあ本当にいいの⁉」

「いいもなにも、俺は反対する立場じゃない。実行委員としてクラスの総意なら問題ないさ。次のホームルームでみんなに相談してみて、異議がなければ自分たちで作ってみるか」

「うん！」

泉は声を弾ませながら葵さんと手を取って嬉しそうに上半身を揺らす。

そんな二人のやり取りを見る限り、葵さんに相談済みだったんだろう。

「それでね、晃君と葵さんにお願いがあるの」

「今度はなんだ？」

「どんなお茶菓子にするかを二人に決めてもらいたいの」

「俺と葵さんに？　いや、さっきも言ったけど俺は全く詳しくないぞ」

葵さんはどうかと思って視線を送る。

すると葵さんも自信なさそうな表情を浮かべていた。

「二人で色んな茶房を回って決めて欲しいの。アルバイトがない日に行ってみるとか、お休みの日にお出かけがてら足を運んでみるとか、あとはそうだな――」

泉は俺に小声で耳打ちする。

『茶房巡りを口実に葵さんをデートに誘ってみるとか？』

『ちょ、おまえ――』

なにを言っているんだと突っ込みそうになってぎりぎり踏み留まる。

下手に騒いだら葵さんになんの話をしていたか聞かれかねない。

「色々巡ってみるのはいいとして、それこそ詳しい泉の方がいいんじゃないか？」

「そうしたいんだけど、わたしは衣装制作で手一杯。お茶菓子作りに取り掛かるまでに終わらせるつもりだけど、しばらくは手を取られそうだから二人にお願いしたくてさ♪」

「正直、俺は自信ないぞ」

「私も……」

たぶん今の俺と葵さんの間には、お通夜みたいな空気が流れているに違いない。

「大丈夫。最終的にはわたしと日和ちゃんも意見を出すつもりだから。とりあえず二人にはあちこち食べ歩いて美味しいと思ったお茶菓子をピックアップしてもらえればいいから」

「まぁ……そういうことなら。葵さん、どうする？」

「一人だと不安だけど晃君と一緒ならやってみようかな」

「ありがとう二人とも！」

こうして俺は実行委員の仕事と喫茶店のアルバイトに明け暮れるだけじゃなく、葵さんと二人でプレートメニューに載せるお茶菓子選びも担当することになったのだった。

なんだかんだ言いつつも、内心楽しくなってきたと思い始めている自分に驚いていた。

＊

週明けの月曜日から、いよいよ本格的に学園祭に向けての作業が始まった。

　放課後は教室に残り、みんな自分の役割を仲間と楽しそうにこなしていく。

　うちのクラスは泉がクラス委員&ムードメーカーということもあって仲が良いから、こういう時の結束力だけは強く、お祭りごとで盛り上がるタイプのクラスなんだと思う。

　そんな中、一学期は葵さんだけが孤立していたんだが……。


「葵さん、ちょっと聞きたいことがあるんだけどいい？」

「うん。どうしたの？」


「葵さん、よかったらちょっと手伝ってくれると助かる！」

「もちろん。私でよかったら」


「葵さん、予算のことでちょっと相談したいことがあるんだけど」

「もう少しだけ待っててくれる？」


　今ではそんなことは全くなく、実行委員としてクラスメイトから引っ張りだこ。

　葵さんは人見知りだけど穏やかで優しくて、相手に気を使える人だから、一度打ち解けてしまえば男女問わず慕われるだろうなとは思っていたがこの通り。

クラスのみんなから頼られている葵さんを見てふと思う——。

もしかしたら泉はこうなることを狙って葵さんを実行委員にしたのかもしれない。

葵さんが実行委員を引き受けたのは、俺に思い出を作って欲しいから。

だけど泉の頭には、葵さんが実行委員をやれば俺が絶対に引き受けるという目算だけではなく、もっとクラスメイトと仲良くなれるという考えもあって勧めたんじゃないかと思う。

思わず安堵に胸を撫でおろす。

これなら俺が転校した後の心配はなにもない。

それは喜ぶべきことなのに……なんでだろうな。

少しだけ寂しくもあった。

＊

学園祭の準備とアルバイトをしながら迎えた十月最初の日曜日——。

自宅にて、俺と葵さんはいつもより少し早めに起きて出かける準備をしていた。

「葵さん、準備はどう？」

「うん。もうすぐ終わるよ」

部屋の前で声を掛けると、すぐに葵さんから返事があった。

少しするとドアが開き、準備を終えた葵さんが部屋から出てくる。

「ごめんね。お洋服どれにするか迷っちゃって」

そう口にする葵さんは、ベージュのニットに落ち着いた色のロングスカートを合わせたコーディネート。いつもより大人っぽい落ち着いた色合いと着合わせに目を奪われる。

いかにも秋らしい、それでいて清楚系美人の葵さんによく似合う服装だった。

葵さんは自分の姿を確認するように何度か見渡した後。

「ど、どうかな……？」

少し不安そうに、髪を撫でながら上目遣いで尋ねてくる。

「よく似合ってると思う。初めて見る服だよね？」

「うん。この前、泉さんと一緒に買いに行ったの」

葵さんは嬉しそうに頬を緩ませた。

「行こうか」

「うん」

俺たちは忘れ物がないかを確認してから家を後にする。

天気は快晴で十月にしては暖かく、絶好のお出かけ日和。

「最初はどこのお店に行くの？」

すると、すぐに葵さんが尋ねてきた。

「実は日和にお勧めのお店を聞いておいたんだ」

「日和ちゃんに？」

「日和がこっちにいた頃、よく泉と二人で茶房巡りをしてたらしくてさ。お勧めのお店がないか聞いてみたら、何店舗かピックアップしてくれたんだ。しかも最初に行くところは予約までしておいてくれて、まずはそのお店から行こうと思う」

「日和ちゃんに後でお礼を言わないとだね」

「しばらく休みの日や学校帰りに茶房巡りをする予定だけど、その他にも駅ビル内にある和菓子屋さんとか、モールや百貨店のお菓子売り場とか、時間があれば見てみようと思ってる」

「そうだね。楽しみだな」

そんな会話をしながら一軒目のお店へ向かう。

「たぶんこの辺りなんだけど……」

日和に教えてもらった住所をスマホのナビアプリに入力して歩くこと二十分。

住宅街の中にあるとは聞いていたが、言葉の通り辺りは一軒家が立ち並んでいて、本当にこんなところにお茶を飲めるようなお店があるんだろうかと疑いながら進んでいく。

しばらくするとナビが目的地への到着を告げたんだが。

「ここ……？」

葵さんが疑問の声を上げるのも無理はない。

目の前に建っているのは、石造りの塀に囲まれた歴史を感じさせる平屋の一軒家。

いわゆる古民家で一見するとここが店舗とは思えないが、入り口にある門にはお店の名前を記した表札が掲げられている辺り、どうやらここで間違いはないらしい。

「ちょっと場違いな感じがするけど、入ってみようか」

「うん……」

普段自分たちが足を運ぶ喫茶店とは明らかに違う雰囲気に身構える。

一人だったら入店せずに帰っていただろうなと思いながら敷地内へ足を踏み入れると、そこには日本庭園を思わせる、手入れの行き届いた美しい庭が広がっていた。

足元に続く飛び石を渡って玄関に向かうと入り口で店員さんに迎えられる。

予約である旨を伝えると、すぐに奥の部屋に案内された。

「おお……」

部屋に通されて襖を開けた瞬間、思わず感嘆の声が漏れた。

そこは庭園の見える六畳ほどの小さな和室で、部屋の中央には一枚板のローテーブルと座椅子が置かれ、障子を開ければ縁側から紅葉の並ぶ庭園に出られるような作りになっている。

住宅街の中なのに、ここだけ緩やかな時間が流れているような錯覚を覚えた。

俺たちは借りてきた猫よろしく腰を掛ける。

「なんか、やっぱり場違いなところに来てしまったような気がする……」

「うん……でも、日和ちゃんや泉さんも来たことがある場所だから大丈夫だよ」

葵さんは同意しかけて、慌ててフォローし直してくれる。

そう、きっと俺たちが慣れていないからそう思うだけ。

「よし。とりあえず注文しよう」

「そうだね」

俺たちはさっそく置いてあったお品書きを手に取って一緒に眺める。

するとお茶だけでも数種類あり、しかもどれもこれも聞いたことがない銘柄ばかり。

よくわからないからお茶は店員さんのお勧めをお願いすることにして、今日の目的のお茶菓子を選ぶことに。

定番メニューのあんみつや抹茶大福、羊羹は緑茶羊羹と栗羊羹の二個セット。一番人気の饅頭は、餡に緑茶の粉末を混ぜた緑茶餡というのを使っていると書かれていた。

今はやっていないが、夏には抹茶のかき氷も扱っているらしい。

メニューの端から端まで見事な抹茶のフルコース。

「葵さん、どれ食べたい？」

「そうだな……あんみつと羊羹のセット。あ、でもお饅頭も気になる」

葵さんは目を輝かせながらお品書きに向けている視線を泳がせる。

「どうしよう……全部食べたい」

すると悩ましそうな表情を浮かべて顔を上げた。

なかなか選べずに本気で迷っている姿がなんだかとても微笑ましい。

「じゃあ俺が饅頭と抹茶大福を頼むから、二人で少しずつシェアしようか。そうすればお互いに色々食べられるし、お茶菓子選びをするならその方がいいだろうしさ」

「うん。ありがとう！」

葵さんは表情を一転させて嬉しそうに声を上げた。

その後、店員さんお勧めの抹茶と選んだお茶菓子をお願いして待つこと十五分。

「おお……」

注文した品が目の前に並べられると思わず声が漏れた。

抹茶は点てたばかりだからだろうか、特有の香りが鼻をくすぐり、お茶菓子もきれいな器に盛られていて、こう言ったら大げさかもしれないが一つ一つが芸術作品のようだった。

「えっと……」

店員さんが部屋を去った後。

俺たちは初めての本格的な抹茶を前に思わず身構える。

「どうしよう。お茶の作法とか全然知らないんだけど……」

こんなことなら日和か泉に聞いておくんだった、なんて思っていると。

「二人きりだし、そんなにかしこまらなくてもいいんじゃないかな？」

葵さんも作法についての知識は深くないんだろう。

でも、そう言ってくれたおかげで肩の力が抜けたような気がした。

「そうだな。誰かに見られてるわけでもないし好きなように飲めばいいか」

「うん。そうしよう」

「じゃあ、いただこうか」

「あ、ちょっと待って」

葵さんはそう言いながら鞄（かばん）からスマホを取り出す。

「後で泉さんや瑛士君に見せられるように写真撮っておかない？」

「ああ、いいね。そうしよう」

俺もスマホを取り出して二人で写真に収める。

「よし。じゃあ改めて――」

両手で茶碗を手にして中を覗き込むと、表面にはきめ細かな泡が立っていた。

本格的な抹茶は初めてだから味の想像ができない中、縁（ふち）に口を付けて恐る恐る飲んでみる。

すると、わずかな苦みの奥にほんのりとした甘みと爽（さわ）やかな香りが広がっていった。

「……美味（うま）い」

思わず言葉が零（こぼ）れる。

正直もっと苦いものだと思っていたから驚きを隠せない。

自分が想像していたよりも、はるかに爽やかで飲みやすい。

「うん。美味しいね」

葵さんも同じように感じたらしく、ほっと一息つくように頬を緩ませる。

「抹茶って、もっと大人な味なのかと思ってたんだけど、こんなに美味しいんだな……人によって好みは分かれるかもしれないけど、泉や日和が好んで飲むのも頷けるよ」

そう語る俺の前で葵さんは幸せそうに何度も抹茶を口に運ぶ。

こんなに美味しいなら茶碗一杯じゃ物足りない。

せっかくだからお代わりしようと思いつつ、今日の本題を思い出して考え直す。

抹茶のお代わりもいいけど、まずは一緒に頼んだお茶菓子も味見をしないといけない。なにしろ今日の目的は和風金髪ギャル喫茶で出すお茶菓子を探すためなんだから。

……それにしても、やっぱり酷い(ひど)ネーミングだよな。

抹茶の美味しさを知った今だからこそ、余計に金髪ギャル要素が必要なのか疑問に思う。

そんなことを考えていると、葵さんは小鉢に載っている栗羊羹を楊枝(ようじ)で切って口に運ぶ。

「ん……！」

すると葵さんは少し驚いた様子で口元を押さえた。

「美味しい？」

葵さんは栗羊羹を味わいながらコクコクと頷いて見せる。

食べ終えてから抹茶を口にし、一息ついて落ち着きを取り戻すと。

「晃君も半分食べてみて」

楊枝で残りの羊羹を刺して俺の顔の前に差し出した。

絶対美味しいからと言わんばかりに目を輝かせているんだけど。

「えっと……」

シェアしようって話だったから半分貰えるのは嬉しいんだけど。

「いいの……?」

その一言で俺がなにを言いたいか伝わったんだろう。

葵さんははっとした表情を浮かべながらみるみる頬を染める。

そう、このままいただいたら間接キスになってしまうわけで……。

「……いいよ。その、初めてじゃないし」

「そ、そっか……じゃあ遠慮なくいただこうかな」

確かに葵さんの言う通り、これが初めてじゃない。

だからといって平気かと聞かれたらそんなはずはなく、緊張しながら差し出された栗羊羹を口にしたんだけど……やばい、恥ずかしさでいまいち味がわからない。

「どう?」

葵さんは照れながらも期待を込めた瞳（ひとみ）で感想を求めてくる。

さすがに味がわからないのに適当に美味いとか答えるわけにもいかない。

煩悩を振り払うように心の中で繰り返し自分に落ち着けと言い聞かせ、雀の涙ほどの冷静さを取り戻した頃、ようやく栗羊羹の味が口の中に広がっていく。

抹茶を飲んだ後のわずかな苦みを和らげてくれるような控えめな甘み。

確かに美味しいし、なにより抹茶との相性が抜群だと思う。

「うん。美味い」

「でしょう？」

こうなると俺の頼んだ饅頭と抹茶大福も気になるところ。

楊枝を手に取り抹茶大福を半分に切って口に運ぶ。

「……美味しい？」

俺も葵さんが栗羊羹を食べた時と同じように頷いて返事をする。

確かにこれは、あれこれ言うよりも食べてもらった方が早い。

「葵さんも半分食べてみな」

「うん。ありがとう」

抹茶大福の載った小鉢を差し出す。

「………」

するとどうしてか、葵さんはじっと抹茶大福を見つめている。

手を付けようとしない葵さんを見て、まさかの考えが頭をよぎった。

もしかしてこれは、俺が食べさせてあげるのを待っているんだろうか？

いや、もしかしてもなにも、俺は半分食べさせてもらったんだから、葵さんが食べさせてもらうのを待っているのは当然。逆にそうしない方が不自然まである。

マジか……食べさせてもらうのも大概だが、食べさせてあげるのも相当恥ずかしい。

緊張と恥ずかしさで体温が急上昇する中、楊枝で抹茶大福を刺して葵さんの口元に運ぶ。すると、葵さんは少しだけテーブルに身を乗り出してぱくりと口にした。

空いている手で頰を押さえ、とても幸せそうに目を細める。

やっぱり人は美味しいものを食べると言葉を失うらしい。

「他のも食べてみよう」

「うん」

そんな感じで俺たちは歓談をしつつ、しばらく抹茶とお茶菓子を堪能する。

お互いにあれこれ感想を言い合ったり、注文したものを食べさせ合ってシェアしたり、飲み足りなくて抹茶のお代わりを注文したり。

気づけば二時間も滞在していたことに驚かずにはいられない。

こうして午前中は日和お勧めの茶房で過ごしたのだった。

*

一軒目の茶房を後にした俺たちは、その足ですぐに二軒目に向かっていた。

「この辺りだと思うんだけど……」

一軒目は日和に教えてもらったお店で、二軒目は泉にお勧めされたお店。

先ほどの茶房は住宅街の中という珍しい立地だったが、今度は今度で、本当にこんなところにあるんだろうかと疑いたくなるような場所に来ている。

というのも、今俺たちが歩いているのは駅の反対側にあるオフィス街。

当然辺りはオフィスビルが立ち並んでいて茶房どころか飲食店の一つもない。

だけどナビは確かにこの辺りだと示していた。

「晃君、もしかしてあそこかな?」

声を掛けられ、スマホから目を離して顔を上げる。

するとビルに挟まれるように二階建ての小さな建物があった。

「そうみたいだけど……」

イメージしていたよりもずっと喫茶店というか、お洒落なカフェといった感じ。

とても一軒目のような趣や古き良き日本の文化的な要素はなかった。

「なんだろう……あまりお茶屋さんぽくないね」

「ああ。むしろ今風というかＳＮＳ映えしそうな感じだよな」

和の要素に精通している泉にお勧めされたお店とはいえ若干の不安を感じる。

いや、外観が洋風なだけで、中は意外と和要素溢れる和洋折衷な感じかもしれない。

わずかな期待を持ってドアを開けると。

「いらっしゃいませ～♪」

全くそんなことはなかった。

私服みたいなお洒落な制服を着たお姉さんが笑顔で出迎えてくれた。

窓側の席に通された俺たちは二人掛けのテーブル席に腰を下ろす。

お客さんも二十代と思われる女性客が中心で、男性は彼女に連れてこられたと思われる人が数人。高校生の男は俺くらいで、正直ちょっと居心地の悪さを感じてしまう。

色々な意味で大丈夫だろうかと心配した時だった。

「晃君、見て」

葵さんが目を輝かせながらメニュー表を差し出してくる。

覗き込んだ直後、泉がこのお店をお勧めしてきた理由を理解した。

そこに記されていたのは抹茶ラテや抹茶フロートなど、抹茶をアレンジしたドリンクメニューが多数載っていて、フードメニューは抹茶のティラミスや抹茶のロールケーキなど。

「なるほどな……」

つまりこのお店は、抹茶のアレンジメニューを扱っている専門店なんだろう。

一軒目に行ったような本格的な茶房でいただく抹茶やお茶菓子もいいが、どうしても俺たちみたいな若い世代には馴染(なじ)みが薄い。

別の言い方をすれば、興味はあってもハードルが高い。

でも、こうして今時のお洒落なカフェスタイルで提供すれば足を運びやすいし、ラテやフロートなどアレンジをすることで抹茶特有の苦みが苦手な人も飲みやすいだろう。

なにより、俺たちが和風金髪ギャル喫茶をやる上でヒントになる。

「うちのクラスのメニューにも抹茶ラテとか入れてもいいかもしれないな」

「そうだね。抹茶とお茶菓子の組み合わせもいいけど、こういう抹茶を使ったドリンクとスイーツの組み合わせって若い女性は好きだから、手軽に楽しめそうでいいと思う」

葵さんも俺と同意見なら間違いないな。

あとはこういう抹茶のアレンジメニューが、和風をコンセプトにした金髪ギャル喫茶に合うかどうかだが……まぁ金髪ギャル要素を付けた時点で気にする必要はないか。

逆にいえば金髪ギャル要素のおかげで和でも洋でもどっちもありだろ。

「じゃあ頼もうか」

「うん」

俺は抹茶フロートと抹茶のロールケーキ、葵さんは抹茶ラテと抹茶のティラミスを頼む。

すぐに飲み物が運ばれてきて、少し遅れて出されたスイーツはいかにも女子受けしそうというかSNS映えしそうというか、お洒落な盛り付けがされていた。

葵さんは一軒目の茶房の時と同じく楽しそうに写真に収める。

こうして一軒目とは違った雰囲気の中、俺たちはお茶を楽しんだのだった。

＊

その後、俺たちは夕方までにもう一店舗だけ足を運んだ。

できればもう少し回りたかったんだが、問題は時間ではなくお腹。

初めて飲んだ抹茶が美味しかったせいか、行く先々で一杯だけでは足りずに二杯頼み、おまけにお茶菓子やスイーツを数種類も食べていたら誰だってお腹いっぱいにもなる。

でも正直、自分でもこんなに飲み食いするとは思わなかった。

たぶんこれは抹茶とお茶菓子の相性のせいだと思う。

抹茶特有の苦みをお茶菓子の甘さがいい感じに中和してくれるから、ついつい飲んでは食べてを繰り返してしまい、結果、お茶もお茶菓子もとまらないという無限ループ。

葵さんも同じで、俺ほどではないにしろ満腹といった様子だった。

「だいぶ参考になったし、今日はこのくらいにして帰ろうか」

「そうだね。あ、でも……」

「ん？　どうかした？」

葵さんはなにかを言いかけて口を噤む。

遠慮しないでいいよと声を掛けると、少しためらいながら口を開いた。

「せっかく駅の近くまで来たから、駅ビル内の和菓子売り場に寄りたいと思って」

「ああ、いいね。見るだけでも参考になるだろうし」

「うん。気になったのがあったら買って食べてみたいし」

「え？」

「ん？」

まさかの一言に疑問符を浮かべる。

すると葵さんから疑問符を浮かべ返された。

「いや、買うのは全然いいんだけど、さすがに今日食べる分じゃないよね？」

「んん……？」

さすがにないだろうと思って確認すると、葵さんは一瞬だけ意外そうな表情を浮かべ。

「も、もちろん。今日はたくさん食べたもんね！」

身振り手振りで否定した。

妙に必死に見えるのは気のせいだろうか？

気になりつつ、早速駅ビル内の地下にある和菓子売り場へ向かう。

「すごい……たくさんある！」

しばらくして到着すると、葵さんはおもちゃ売り場にやってきた子供みたいに瞳を輝かせながらショーケースに並べられているお茶菓子を楽しそうに見て回る。

途中、店員さんから試食を勧められ、口にしては蕩けるように目を細める葵さん。

どれを買おうか悩みに悩み、店内をウロウロしながら往復すること五～六回。

「晃君どうしよう……決められない」

葵さんは困った様子でぽつりと呟いた。

あまりにも真剣な表情を浮かべていて思わず笑いそうになる。

「一つに絞る必要はないし、気になったのは全部買えばいいよ」

「でも、それだと結構お金が掛かっちゃう」

「ここは俺が出すから心配しなくていいからさ」

「そんな、悪いよ」

葵さんは申し訳なさそうに遠慮する。

「今日は数店舗回った割にはあまりお金を使わなかったし、来月には喫茶店のアルバイト代が入るからお金の心配はいらない。それに、俺も少し食べたいからさ」

「本当にいいの？」

「ああ。食べたいものくらい好きに食べよう」

「ありがとう」

そんな話をしていると。

「優しい彼氏さんでよかったですね」

「「え……」」

俺たちの会話を聞いていた店員のお姉さんが微笑ましそうに口にする。

思わず照れて固まってしまう俺たち。

「その……私の彼氏じゃないんです」

葵さんは顔を真っ赤にしながら否定する。

まぁ事実だから仕方がないとはいえ少し残念……なんて思っていると。

「私にはもったいない人なので……」

葵さんが否定した理由は俺が思っていたのと違った。

そんなことを言われると俺まで恥ずかしくなってくる。

「そうなんですね。でも、よくお似合いだと思いますよ」

するとお姉さんは察した様子で笑顔を浮かべた。

「ありがとうございます……」

恥ずかしくてお姉さんと目を合わせられず、二人並んでショーケースに視線を落とす。

その後、お姉さんに見守られながら三十分かけてようやくいくつかの和菓子を購入。お姉さんにお礼を言い、ほくほくの笑顔を浮かべる葵さんと並んで帰宅する。

お姉さんに恋人同士と勘違いされた時は驚いたが悪い気はしない。

一日楽しめたし、二人で出かける予定を与えてくれた泉に少しだけ感謝していた。


……のはよかったんだけど。


「あれ？　この入れ物」

翌日の朝、朝食の準備中にゴミ箱を開けると和菓子の入れ物が捨ててあった。

まさかと思い確認してみると、昨日の帰りがけに買った和菓子は一つも残っていない。

状況的に食べたのは葵さんで間違いないんだけど、いつの間に食べたんだろうか？

別にいつでもいいんだけど、日中あれだけ食べたのに夜中にも食べるなんて、よほど和菓子が好きになったんだろう。

まるで泉を思わせるような別腹具合に驚きを隠せない。

「葵さん、昨日買った和菓子が一つも残ってないんだけど、もしかして……」

起きてきた葵さんにさりげなく事情を窺うと。

「ご、ごめんなさい……我慢しようと思ったんだけど、気が付いたら食べてたの……」

この世の終わりのような顔で謝りまくられた。

葵さん曰く、最初は一つだけにしようと思ったらしい。

でも一つ食べたら二つ食べたくなってしまい、二つ食べたら三つ食べたくなってしまい。そうこうしているうちに半分以上食べていることに気づいて絶望。

しかも俺の分まで食べていたことに焦(あせ)ってしまい、こうなったらいっそ全部食べて、最初からお茶菓子なんて存在しなかったことにしようと思ったらしい。

深夜にこっそりとはいえ犯行が大胆すぎるだろ。

半泣きで謝る葵さんには悪いが、俺は怒るどころか笑いを堪(こら)えるのに必死だった。

少し前の葵さんなら、そもそもお茶菓子をねだることすらなかったはずだし、遠慮して一人で食べたりしなかったはず。

そう思うと、こんな変化も葵さんにとってはいいことなんだろう。

また今度たくさん買ってあげようと思った。

けふっ

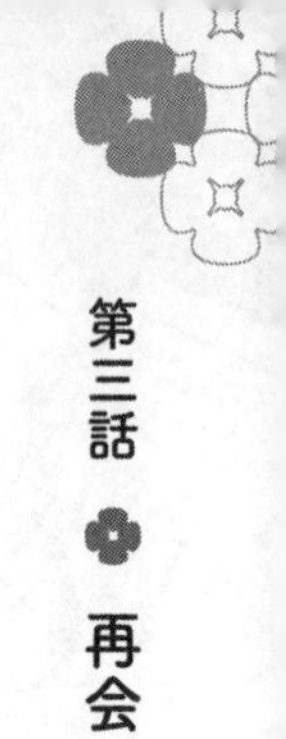

第三話　再会

「できたー！」

ある日の放課後――。

みんなと学園祭の準備をしていると、教室に泉（いずみ）の歓喜に満ちた声が響いた。

「晃（あきら）君、葵（あおい）さん、ちょっと来て！」

泉に呼ばれ、作業の手をとめて葵さんと顔を見合わせる。

バカでかい声を上げていったい何事だと思いながら泉の元へ歩み寄ると、泉は後ろ手に隠していたものを『じゃーん！』という掛け声と共に掲げて見せた。

「どうどう⁉」

「これは……衣装か？」

「そう！　ようやく一着目の衣装ができたの！」

泉が手にしていたのは和風金髪ギャル喫茶（きっさ）で着る衣装。

純白の生地に大きく描かれた青と紫の紫陽花（あじさい）。目の覚めるような青から、どことなく儚（はかな）げな薄紫へと色合いを変える花弁のグラデーションが美しく嫌でも目を引かれる。

泉曰く、接客や作業がしやすいように袖周りや丈を調整してあり、また一人で着替えられるように帯も見た目はそのままにベルト状のものに作り替えているらしい。

本物の着物を使っているだけあって質感がよく一目で高そうなのがわかる。

高校生の学園祭で着る衣装にしては贅沢すぎるような気がしなくもない。

「そうは言ってもサンプルだから、もう少し調整はするんだけどね」

「素人目には充分すぎると思うけどな。せっかくだから誰かに着てもらったらどうだ？」

「もちろん、そのつもり」

すると泉は手にしていた衣装を葵さんに差し出した。

「ん？」

疑問の声を上げながら、いつものように可愛らしく首を傾げる葵さん。

「葵さん、ちょっと着てみてくれる？」

「え？　わ、私が着るの？」

「もちろん。そのつもりで呼んだんだから♪」

まさか自分が着てと言われるとは思っていなかったんだろう。

葵さんは困った様子でおろおろしながら泉に尋ねた。

「一着目は葵さんに着てもらおうと思って作ったの。紫陽花柄といえば葵さんでしょ？」

泉と一緒に衣装を作っていた女子たちは『葵さんなら紫陽花柄が似合うと思う！』と口を

揃えて言っているが、たぶん泉の言葉の真意は俺にしか伝わっていない。

夏休み、瑛士の家が所有する別荘を拠点に葵さんの祖母を探していた時のこと。

祖母の家がなかなか見つからず、気分転換にみんなで地元の夏祭りに行った際、葵さんが着ていたのが紫陽花柄の浴衣だった。

泉はその時のことが印象に残っていて口にしているんだろう。

俺も紫陽花柄といえば葵さんという意見には同意だ。

だが、俺にとって紫陽花と葵さんの結びつきを感じたのは、泉とは違い夏祭りの夜よりもずっと前のこと。

それは初めて葵さんに声を掛けた、あの雨の日——公園で雨に打たれながら佇んでいた葵さんの周りには、公園の花壇を埋め尽くすほどの無数の紫陽花が咲いていた。

だから紫陽花を見る度に、あの時のことを思い出さずにはいられない。

「そんなわけだから、さくっと着替えてこよう！」

「うん。わかった」

泉は衣装を手に葵さんと一緒に教室を後にする。

着替えて戻ってくるには時間が掛かるだろうと思い、みんな一旦作業に戻る。

どのくらい待っただろうか、しばらくすると泉が一人で教室に戻ってきた。

「あれ？　葵さんは？」

「廊下にいるんだけど、恥ずかしがって入ってこないの」

泉はやれやれといった感じで教室の入り口に目を向ける。

視線を追うように教室の入り口に目を向けると、葵さんはドアの陰から顔を半分だけ覗かせながらこちらを窺っていた。その顔は遠目にもわかるくらい真っ赤になっている。

なんだろう……見るからに照れまくっている姿がちょっと微笑ましい。

「よし。連れてこよう」

泉はいくら待っても教室に入ってこない葵さんに痺れを切らす。

葵さんの元へ向かうと、腕を取って半ば強引に教室の中へ引き入れた。

「ほら、葵さん！」

「待って、まだ心の準備が！」

葵さんの抵抗も虚しく教室に引きずり込まれた瞬間。

「「「おお……！」」」

葵さんの姿を見たクラスメイトたちが一斉に感嘆の声を漏らした。

葵さんが身に着けているのは紫陽花柄の衣装と、衣装に合わせた白いエプロン。

和風金髪ギャル喫茶として衣装も和風にしたいと泉から聞いてはいたものの、正直どんな衣装になるか全くイメージが湧かなかったが、こうして着ている姿を見てみるとよくわかる。

本物の着物の生地を使った美しさはそのままに、泉が言っていたように丈や袖周りは動きやすそうにアレンジされていて、確かにこれなら細かな作業もしやすいだろう。

サイズも葵さんにピッタリで、恥ずかしさに耐えて夜の身体測定をした甲斐がある。

クラスのみんなも葵さんの美しさに目を奪われていた。

「あとは金髪ギャルになれば完成ってところかな」

ああ、そうだった。

別に忘れていたわけじゃないが、和風金髪ギャル喫茶だもんな。

「なぁ、やっぱり金髪ギャル要素は外せないのか？」

「もちろん。そこを外したら本末転倒だもん！」

泉は只ならぬ拘り(こだわ)を力説して見せるんだが……。

個人的には金髪ギャルじゃなくていい気がする。

いや、もちろん金髪ギャルが悪いというわけじゃないんだ。

金髪ギャルバージョンの葵さんも素敵だと思うし、俺もまた金髪ギャル姿の葵さんを見てみたいと思うけど、この衣装なら清楚(せいそ)系美人バージョンの葵さんの方が似合う気がする。

まぁ、実際に見比べてみないとわからないんだけどさ。

「じゃあ晃君、クラスメイトを代表して感想をどうぞ」

「感想⁉　なんで俺が⁉」

泉は照れまくっている葵さんの背中を押して俺の前に立たせる。

クラスのみんなも俺たちを見守るような温かな視線を送っていた。

「いやでもさ、当日は金髪姿だろ？　今の感想を言っても意味がないんじゃないか？」

「今求めてるのは衣装の感想だから、金髪と合わせた時の感想は当日に聞くから」

「ぐぬぅ……」

みんなの前で褒めるのはさすがに恥ずかしすぎる。

なんとかそれっぽいことを言って誤魔化そうとしたが、泉がそれを許さない。

マジか……この空気で感想を言わなくちゃいけないのか。

「よ、よく似合ってると思う……」

「……あ、ありがとう」

教室内がまるで祝福しているかのような温かなムードに包まれる。

恥ずかしさに耐えきれず、葵さんと二人揃って俯いてしまった。

「………………」

どうしてくれるんだよ、この空気！

葵さんは顔どころか耳まで真っ赤にしているし、俺も顔だけじゃなく体中が熱くて背中に嫌な汗をかいているし、なんかもう羞恥プレイというか公開処刑にもほどがある。

頼むからみんな、そんな優しさに満ちた表情で俺たちを見つめないで欲しい。

「あれあれ～♪」

すると、泉が全力でからかいながら俺の顔を覗き込む。

「晃君、もしかして照れてるのかなぁ？」

「う、うるさい！　別に照れてない！」

「えー本当にー？」

図星だから雑なあしらいしかできない。

「いいから、みんなも早く作業に戻ってくれ！」

「はーい。じゃあみんな、引き続きよろしくね！」

なんだか泉を筆頭に、少しずつクラスメイトにも外堀を埋められているような気がしなくもないんだが……まぁ、いいものが見られたからよしとしておこう。

＊

それから数時間後、俺たちは下校時間ギリギリまで作業をしてから教室を後にした。

クラスのみんなに別れを告げ、俺はいつものように葵さんと泉と瑛士の四人で帰路に就きながら、学園祭準備の進捗や今後の予定について報告し合う。

「そう言えば晃君、プレートメニューに載せるお茶菓子選びはどんな感じ？」

話が一段落すると、泉が思い出したように尋ねてきた。

「この前の日曜日に三店舗回ってきた。行こうと思ってる茶房は今週末と来週末で全部回り終える予定だから、リストアップはその後ってところだな」

泉は話を聞きながらスマホでカレンダーを確認する。

「うん。スケジュール的には大丈夫そうだね。メニューが決まったら日和ちゃんに作り方を教えてもらえるように相談してあるの。その感じだと再来週の土日がいいかな」

「日和が教えてくれるのか？」

「うん。聞いてない？」

「聞いてないし、てっきり泉が作り方を教えてくれるもんだと思ってた」

「わたし、料理は得意だけどお菓子作りは苦手なんだ」

「……言うほど違うもんか？」

似たようなものだろうと思って首を傾げる。

すると泉は顔の前で手を振りながら全然違うと訴えた。

「料理って調味料で味さえ調えられれば、ある程度は目分量でなんとかなるでしょ？　良くも悪くも適当で大丈夫っていうか。でも、お菓子作りってグラム単位で量る必要があってミスできないから、そういう細かい作業が性に合わなくてねぇ……」

「あー……なるほどな」

まぁ、その気持ちはわかる。

たぶん俺も泉と同じタイプだなと納得しながら、一つだけ記憶に引っかかる。

「あれ？　でもこの前、日和と一緒にお茶菓子を作ってたって言ってなかったか？」

「お手伝いって意味。日和ちゃんが作る担当で、わたしが食べる担当だから！」

親指を立ててドヤ顔で言われてもリアクションに困る。

まぁでも、日和が手伝ってくれるなら安心だ。

日和がお茶菓子を作るのが得意だとは知らなかったが、確かに日和は泉と違って性格はまめだし細かい作業が得意。得意というよりも性格的に合っているんだろう。

改めて、泉と日和は性格が違いすぎるのに仲が良いのが謎すぎる。

「お茶菓子の件は日和が協力してくれるなら大丈夫そうだし、衣装作りも問題なさそうだな。締め切りがある申請関連は全部済んでるし……他になにか確認しておくことってあるか？」

四人で漏れがないか思考を巡らせる。

「喫茶店でのアルバイトは順調かい？」

「どうだろう……まだ数えるほどしか出勤してないからな」

それなりに慣れてきたつもりだけど、自分のこととなるとよくわからない。

さすがに人に教えられるほど接客が身に付いているとは思えないが。

「十一月に入ったらみんなに練習してもらう時間を取るつもりだから、それまでに晃には接客をマスターしてもらわないとね。葵さん一人で全員に教えるのは無理だから、葵さんは女子に、晃は男子に教えてあげる段取りを考えてるんだけど、葵さんから見て晃はどうかな？」

「一生懸命頑張ってくれてるし、お仕事を覚えるのも早いし、おかげで私が楽をさせてもらってるくらい。店長も晃君には学園祭が終わった後も長く働いて欲しいって言ってたよ」

「そっかそっか。葵さんも頼れる後輩が入ってきてよかったね～♪」

からかう気満々の泉は放っておいて、葵さんや店長にそう言ってもらえるのは嬉しい。

だけど――。

「俺が働けるのは長くて来年の春までだしなぁ」

なんの気なしにそう口にした瞬間、しまったと思った。

なぜなら三人とも神妙な顔で口を噤んでしまったから。

「ごめんなさい。そういうつもりで言ったんじゃないの……」

しかも葵さんから申し訳なさそうに謝られてしまった。

「ああ、いや。俺の方こそ、そういうつもりじゃないんだ」

空気が重くなりかけて咄嗟に自分でフォローを入れる。

でも、三人がそんなリアクションを取ってしまうのは仕方がないと思う。

俺が転校するのは避けられない。三人が俺に思い出を作らせようとしてくれているのはポジティブな理由だとしても、俺自身がそれを口にするのは自虐的に映るだろう。

三人にしてみれば、本人に言われたら気まずく感じるのも無理はない。

「なんて言えばいいかな……」

でも、それもきっと今さらだ。

「もうさ、お互いに気にするのはやめようぜ」

いい機会だからはっきり言葉にするべきだろうと思った。

俺の本心がどうかは別として、三人にこれ以上気を使わせないために。

「今さら誤魔化すつもりはないし、何度か話してることだけど、正直俺は転校したくないと思ってる。考えると気が滅入る時もあるけどさ、でも俺なりに受け入れてはいるんだ」

俺は嘘と本心を交ぜ合わせ、なんでもないようなふりをして話を続ける。

それはもしかすると、自分自身に言い聞かせるためだったのかもしれない。

「俺のために思い出を作ろうって言ってくれたことは嬉しかったし、感謝もしてる。だから、この手の話が出る度に辛気臭い空気になるのはもうやめようぜ。よくよく考えれば、なにも一生の別れってわけじゃないんだから必要以上に悲しむこともないだろ？」

最初に答えてくれたのは葵さんだった。

「うん……そうだね」

別に三人に嘘を吐きたかったわけじゃない。

自分の本心を誤魔化したかったわけでもない。

自分に言い聞かせることで、俺自身が自分の想いに折り合いをつけられるような気がした。

今はまだ無理でも、いつか心からそう思うためにした意思表明のようなものだった。

「確かに、晃の言う通りだね」

瑛士はそんな俺の気持ちを察してくれたのかもしれない。

重い空気をそっと払うように穏やかな口調で言葉を続ける。

「この手の話になる度に僕たちがしんみりしてたら、思い出を作ってもらおうっていう僕らの考えも本末転倒。晃もこう言ってるわけだし、これからは気にしないようにしよう」

「うん……そうだね！」

泉も元気を取り戻し、いつものように明るく声を上げた。

そうこうしているうちに交差点に差し掛かった俺たち。

「じゃあ、僕と泉はこっちだから」

「ああ。気を付けてな」

「葵さんもまたね！」

「うん。また明日」

俺と葵さんは二人に別れを告げて家に向かう。

「さて、今日の夕食はなににしようか？」

若干空気を重くしてしまったこともあって、いつも通りの態度で接しようと心掛ける。

でも葵さんは、俺が気を使う必要もなくいつも通りの笑顔を見せてくれた。

「そうだな……久しぶりに晃君の作ったハンバーグが食べたい」

きっとこれは葵さんの優しさだと思う。

葵さんも思うところがあるはずだし、もしかしたら言いたいことがあるかもしれない。それでもこうして黙って受け入れてくれているのは、遠慮ではなく優しさだろう。

言うべきこと、言わなくてもいいこと、今は言うべきではないこと。

それを判断できるくらいには心の距離が縮まったんだと思う。

いつか瑛士が言っていた。

——基本的に人と人はわかり合えない。

——言葉にせずにお互いを理解するのは不可能。

——だからこそ、思っていることを言葉にすることが大切。

それは事実だと思うし、何度もそう思う時はあった。

だけど、その言葉の意味を多少なりとも理解できた今だからこそ思う。

思いは言葉にしないと伝わらないが、言葉にしないからこそ伝わる思いもきっとある。

お互いを理解し合うまではたくさん会話が必要だし、多くを理解し合うには時間も必要だ。

でも、そうしてわかり合えた先には並んで歩くだけで伝わる気持ちだってあるはずだ。

もしかしたら俺と葵さんは、そんな関係になれているのかもしれない。

……そうだと嬉しい。

「いいね。じゃあスーパーに寄って材料を買っていこうか」

「うん。楽しみだな」

だから、この関係に少しだけ幸せを感じるくらいは許して欲しい。

心の中で呟きながら、その場を後にしようとした時だった。

「……葵?」

不意に葵さんを呼ぶ女性の声が聞こえた。

声の方へ視線を向けると、そこには一人の中年女性の姿があった。

茶色というか金色というか、とにかく目を引く明るい髪色に服装も派手な着合わせ。人の見た目にあれこれ言うのは失礼かもしれないが、とても年相応の格好には見えない。

いや、そんなことよりも……葵さんを呼んだのはこの人だよな?

どこか疑うような表情を浮かべていた女性の顔に、徐々に安堵の色が満ちていく。

「葵よね？　そうよね！」

すると他人とは思えない距離間で葵さんに詰め寄った。

「髪の色が変わってるから気づかなかったわ。でもよかった……探したのよ」

そんな女性の態度とは対照的に、葵さんは驚きに目を見開く。

そのリアクションを見て、最悪の予感が頭をよぎった直後——。

「お母さん……どうしてここに？」

葵さんの口にした言葉がそれを肯定する。

困惑のあまり声を震わせる葵さんの横顔を見つめながら思うこと。

よく嫌な予感に限って当たるなんて言うが、今ほど納得したことはなかった。

＊

その日の夜のこと——。

俺と葵さんは早々に夕食を済ませ、特に会話もなくリビングで過ごしていた。

本当ならスーパーに寄ってハンバーグの材料を買って帰り、今頃ハンバーグを二人で楽しんでいるはずだったのに……スーパーに寄るのも忘れて真っ直ぐに帰宅。

結局あり合わせの食材で夕食を済ませて今に至る。

適当に作ったせいか、それとも帰宅途中の出来事のせいか、正直味もわからなかった。

部屋に流れる穏やかな空気とは対照的に、俺と葵さんの心中は複雑だった。

いや、複雑どころの話じゃない。

理由は言うまでもなく、学校帰りに葵さんの母親が俺たちの前に現れたから。

葵さんになんて声を掛けていいかわからず、どれくらいの時間が経ったただろうか。

「……葵さん？」

葵さんは不意にソファーからゆっくりと立ち上がる。

「少し早いけど……私、もう寝るね」

ぎこちない笑顔を浮かべる葵さん。

明らかに無理に笑みを作ろうとしていた。

「ああ……おやすみ」

「うん。おやすみなさい」

葵さんはリビングを後にし、ドアを閉める乾いた音が響く。

一人リビングに残された俺は、思わずソファーに寄り掛かって天井を見上げた。

「まさか、こんなことになるなんてな……」

言葉の通り、欠片も想像していなかった。

葵さんを取り巻く問題を全て解決し、後は俺が転校するまで穏やかな日々を過ごし、学園祭を成功させ……いずれ訪れる別れの時までに葵さんに対する自分の感情に名前を付ける。

そうやって過ごす日々は、ささやかながら幸せな日々だと思っていたのに……。

母親が現れたことで、日常が足元から瓦解していくような恐怖に襲われる。

「いや、嘆いている場合じゃないだろ……」

悲観的な感情に浸っている場合じゃない。

なんとかしなければ、今までの努力が全て無駄になってしまうかもしれない。

どうするべきか――？

俺は必死に心を落ち着かせながら母親が現れた時のことを思い返す。

＊

「……探したのよ」

「お母さん……どうしてここに？」

安堵の表情を浮かべる母親とは対照的に、葵さんの表情は困惑の色に満ちていた。

「決まっているじゃない。また葵と一緒に暮らそうと思って探していたのよ」

「え……？」

葵さんにとっても俺にとっても予想外の一言だった。

「実はお母さん、あの男と別れたの」

「別れた？」

葵さんが言葉を失くす中、母親は空気も読まずに一方的に話し続ける。

「付き合い始めた頃はいい人だと思ったんだけど、一緒に暮らし始めたら酷い男でね……仕事は勝手に辞めて働かないし、酒癖は悪いし、暴力も振るわれて……もう典型的なクズ男だったの。それでも上手くやっていこうと頑張ったんだけど、お母さん耐えられなくて……」

突然現れて涙ながらに身の上を語る母親を見て真っ先に思った。


——この母親は、いったいなにを言っているんだろうか？


まるで自分は酷い男に騙された悲劇のヒロインとでも言わんばかりの語り口。

母親がどれだけ相手の酷さを訴えても、微塵も同情なんてできるはずがない。

葵さんを捨てて男と一緒に行方をくらまし、葵さんの面倒を見るように父親に押し付け、男と別れた途端、今度は手のひらを返したように葵さんの元へ帰ってくる。

それだけでもあり得ないのに、苦労を掛けた娘に対して一言の謝罪もなく、ただひたすらに自分の不幸アピールを続ける。

神経を疑わずにはいられない。

耳にするあり得ない言葉の数々に、嫌でも拳に力を込めずにはいられない。

「そうだったんだ……」

母親が一方的に話し終えた後、葵さんはようやく一言呟いた。

「アパートが引き払われていたから探すのが大変だったけど、会えてよかったわ」

「スマホに連絡してくれればよかったのに」

「え？　あ、ああ……その、スマホが壊れて連絡先が消えちゃってね」

母親は取り繕うような言葉を並べ苦笑いを浮かべる。

「それなら学校に来てくれれば、探し回ることもなかったのに」

「それは……ほら、ね、学校に迷惑を掛けるのもあれでしょう？」

わかりやすい嘘だ……。

二度と会うつもりがないから連絡先を消したんだろうし、学校を訪ねてこなかったのは、葵さんが教師に事情を話していたら問題になるとわかっているから来られなかっただけ。

葵さんも当然気づいているだろう。

「そんなことよりも、お父さんと一緒に暮らさないことにしたのは聞いているわ。葵も色々あったでしょうけど、お互い水に流して、また二人で一緒に頑張りましょう！」

母親はまるで家族の絆でも訴えるような言葉を並べて葵さんの手を握る。

葵さんはその手を握り返すことも振り払うこともせずに黙り込んだ。

「ところで葵、ちょっと聞きたいことがあるんだけど……」

「……なに？」

するとと母親はそれまでの態度から一転して妙に遠慮気味に尋ねる。

「お父さんからの養育費、葵の口座に振り込まれてるわよね？」

その言葉を聞いて、母親が現れた理由がわかった気がした。

それと同時、俺の中の母親に対する嫌悪感が怒りに変わった。

「今月の養育費の振り込みがなかったからお父さんに連絡したら、振込先を葵の口座に変えたって言われたの。私に相談もなしに勝手に変えるなんて、本当なにを考えてるのかしらね、全く……それでね、急ぎでお金が必要だから今から一緒に下ろしに行ってもらえる?」

「……でも、あのお金は」

父親が葵さんの将来のために振込先を変えてくれたお金。

そんな事情、きっとこの母親に言っても伝わらない。

「お母さん、今ちょっとお金に困ってて、すぐに支払いしないといけないお金もあるから急いでるのよ。養育費は私たち二人の生活のためのお金でしょう? 葵、いいわよね?」

気が付けば葵さんと母親の間に割って入っていた。

「……ふざけるなよ」

あまりにも自分勝手な言葉を吐き続ける母親を前に感情を自制できなかった。

いや違う——自制するつもりなんてなかった。

「晃君……?」

心配そうに声を掛けてくる葵さんの言葉が耳を通り抜ける。

――一瞬、俺は期待したんだよ。

こんな母親でも、本当に葵さんとやり直すために帰ってきたんじゃないかって。

男が最低だったのが本当だとして、だからこそ葵さんのことを――たった一人の娘の大切さを思い出して、もう一度家族をやり直すために帰ってきてくれたんじゃないかって。

でも、違った。

この母親が帰ってきたのは娘のためじゃなくて、お金のため。

怒りを通り越してもどかしさと悲しみで目の奥が滲(にじ)みかける。

俺ですらそうなんだから、葵さんの気持ちは想像に難しくない。

期待した、俺がバカだった。

「男と一緒に出て行ったくせに、家計のために学校を休んでまで働いていた娘を見捨てていなくなったくせに……養育費の支払い先が変わった途端に現れて一緒に暮らしましょう？　養育費は二人の生活のためのお金？　ふざけるのも大概にしろよ……」

感情だけじゃなく、震える声すら抑えられない。

拳を握り締め、手のひらに爪(つめ)が食い込む痛みでぎりぎり理性を保つ。

でも――。

「あなた誰よ」

「葵さんのクラスメイトです」

「ただのクラスメイトが家族の話に首を突っ込まないでくれ――」

瞬間、頭の中でなにかが千切れる音が響いた。

「――あんたが家族を語るな！」

反射的に言葉を被せて言い放つ。

母親が口にした『家族』という言葉に理性が弾けた。

「娘を捨てるような奴に母親を名乗る資格なんてない！」

こんな関係が家族であってたまるか。

「葵さん、行こう」

「ちょっと、待ちなさいよ――！」

呼びとめようとする母親を無視し、葵さんの手を取って走り出す。

それからどのくらい走り続けただろうか。

疲れを感じて立ちどまり来た道を振り返ると、母親が追ってきている様子はなかった。

息を整えようと深呼吸をしたからか、次第に感情は落ち着いて冷静さを取り戻し、ようやく自分がとんでもないことをしてしまったことに気が付いた。

「葵さん、ごめん……」

俺がしたことは完全に葵さんの気持ちを無視した行動だ。

自己嫌悪に苛まれて心が痛い。

葵さんの母親が家族を語るのは許せないが、それでも家族の問題なのは間違いじゃない。他人である俺が安易に口を出していい問題じゃないと言われたらその通りかもしれない。

少なくとも、葵さんの気持ちや想いを無視していいことじゃないはず。

それでも我慢ができなかった……。

「葵さんの気持ちも知らないのに勝手なことして」

「ううん。気にしないで」

葵さんは小さく首を横に振る。

「私のために言ってくれて嬉しかったよ」

葵さんは驚くほどいつもと変わらない笑顔を浮かべて言ってくれた。

でも、それが本心かどうか、この時はわからなかった。

＊

その後、帰宅してから葵さんが母親について話すことはなかった。

お互いに考えていることは同じなのに、お互いに言葉にできずに時間だけが過ぎた。

それも仕方がないのかもしれない。

あまりにも突然の出来事すぎて、お互い冷静に状況を受けとめられていない。母親について話をするにしても、俺以上に葵さんが冷静になれるだけの時間は必要だろう。

「葵さん、どうするのかな……」

言葉にした瞬間、葵さんの父親が現れた時と同じ不安が胸を襲った。

もし葵さんが母親と一緒に暮らすなら、俺は葵さんと一緒にいられなくなってしまう。

みんなで頑張って、葵さんの父親や祖母の協力を得て、卒業するまで一緒にいられるようになったのに……努力が全て無駄になってしまうかもしれないという焦燥感に駆られる。

以前のように不安に飲まれそうになったが。

「いや、それは絶対にない」

天井を見上げながら、自分の不安を振り払うように断言する。

葵さんは以前、父親と一緒に暮らすべきだと言った俺に対して『私はこの先なにがあっても、晃君が転校するまで一緒にいるって決めたの』と言ってくれた。

俺はあの言葉を信じている。

葵さんが仮に母親との生活をやり直す選択をしたとしても、卒業までは一緒にいてくれる。

先のことを決めるのは葵さんだけど、祖母や父親の協力が得られるとなった今、わざわざ自分を捨て、しかもお金のために帰ってきた母親の言うことを聞く理由はないはずだ。

突然の再会に葵さんは動揺していると思う。

だからこそ、せめて俺が冷静でいられるように努めよう。

今すぐは無理だとしても、いずれ葵さんが落ち着きを取り戻して相談をしてくれた時に力になってあげられるように。

今の俺にできるのは、葵さんを信じて見守ってあげることだと思った。

＊

「朝からどうしたの？」

翌朝、俺は登校してすぐに瑛士と泉を屋上に呼び出していた。

俺と葵さんは一緒に暮らしていることがクラスメイトにバレないように、朝はいつも俺が先に家を出て、葵さんは少し遅れて登校するようにしている。

だから葵さんがやってくる前に二人に昨日のことを話しておこうと思った。

もちろん葵さんのプライベートなことだから話すべきかどうか迷いはした。

だけど、おそらく黙っていても二人は葵さんの変化に気づくだろう。

他のクラスメイトたちが気づかなくても、瑛士と泉は絶対に気づく。そして二人は葵さんを心配して事情を聞くだろうし、聞かれた葵さんもまた二人に気を使う。

それなら事前に話しておいた方がいい。

結果、葵さんが二人に話すならそれはそれでいいだろうし。

なにより、今さら葵さんのことで二人に隠し事をするのは不誠実だと思った。

「実は、折り入って話しておきたいことがあってさ」

「なにかあったんだね？」

同じ疑問形でも、その言葉は確信に満ちていた。

瑛士は俺の様子から只ならぬ事情を察したんだろう。

「葵さんの母親が現れたんだ」

「え……」

朝が弱く眠そうにしていた泉の顔から一瞬で眠気が霧散する。

「昨日の学校帰り、二人と別れた後に突然現れてさ。付き合ってた男と別れたらしくて、葵さんにまた一緒に暮らそうって言ってきたんだが、まぁ……目的はお金だろうな」

「最低……」

泉は険しい表情を浮かべて怒りを露わにする。

後にして思えば、泉が本気で怒っている姿を見たのは初めてだった。

「葵さんはなんて？」

瑛士はそんな泉をなだめるように肩に手を置く。

「なにも……その場は俺が葵さんを連れて逃げたから、特に返事はしてない。いずれは話し合わないといけないと思うけど、今は気持ちを落ち着かせる時間が必要だと思うから、そっとしておいてあげるべきだと思ってな」

「そうだね。晃の判断は間違ってないと思うよ」

「ありがとう。それで二人に頼みがあるんだが……」

「できることがあるならなんでもするよ」

前のめりに言ってくれる泉の気持ちがありがたい。

「葵さんの中で整理がつくまで、見守ってあげて欲しいんだ。時間が掛かるだろうし、その間、もしかしたら学園祭の準備が手に付かない時もあるかもしれない。俺だけじゃ気づけないこともあると思うから、二人にも葵さんを支えられるように協力して欲しいんだ」

二人に頭を下げて頼み込むと。

「もちろん。頼まれなくてもそのつもり」

「みんなで葵さんを支えてあげよう」

二人は迷うことなく即答してくれた。

泉は『なるべく一人にせず傍にいてあげるようにするね』と頼もしい言葉を言ってくれて、瑛士は『晃が冷静なら心配はいらないさ』と信頼とも受け取れる言葉を掛けてくれた。

こんな時、二人の優しさが身に染みる。

持つべきものは、俺にとっても葵さんにとっても親友なんだろう。

そして学校に来た葵さんがどうだったかというと……。

やはりいつもと様子が違った。

クラスのみんなに向ける笑顔はいつもと変わらないのに、その瞳の色だけが、どこか明るさを失っているような気がしたのは……どうか俺の心配のしすぎであって欲しい。

そんなはずはないのに、そう思わずにはいられなかった。

第四話　それでも家族だから

葵さんの母親が現れてから早いもので一週間――。

「二人ともお疲れ様。今日はもう上がっていいよ」

「はい。お疲れさまでした」

「お疲れさまでした」

学園祭まで残すところ一ヶ月を切り、俺たちは相変わらず衣装制作や茶房巡り、こうして接客の勉強をするためのアルバイトなど、準備に追われる日々を過ごしていた。

「着替え終わったら裏口で待ってる」

「うん。また後でね」

あの日以来、母親は現れていない。

そして葵さんにも変わったところはない。

正確にいえば翌日は様子が違ったものの、翌々日からはいつもの葵さんだった。

少なくともクラスのみんなには、葵さんになにかあったようには見えないだろう。

学園祭に向けた準備は変わらず頑張ってくれているし、今日だってアルバイトを頑張ってい

た。むしろ残り一ヶ月を切って、今まで以上に張り切っているようにすら見える。

普通に考えれば葵さんの様子がいつも通りでよかったと安心するところだろう。

でも俺は、いつも通りだからこそ不安に思う。

なぜなら普通でいられることが、すでにどうしようもないくらい普通じゃないからだ。

母親と再会したんだから取り乱して当然。それなのに、まるで何事もなかったかのように日々を過ごしているなんて、少なくとも俺の目には普通じゃないように見える。

その笑顔の裏でいったいなにを思っているのか。

「晃(あきら)君、お待たせ」

「ああ。帰ろうか」

「うん」

だからだろうか。

こうしてアルバイトを終え、帰宅しながら遠くの空を見据える視線の先。

夜空に浮かび街並みを柔らかく照らす月は、いつもなら溜(た)め息(いき)が出るほど美しく目に映るのに……その儚(はかな)さは、まるで葵さんの複雑な心を映しているかのように見えた。

「学園祭まであと一ヶ月か……なんかあっという間だな」

「そうだね。色々やることが多くて間に合うか心配だな」

「大丈夫だと思うけど、少し余裕を持たせたいからペースを上げたいところだな。十一月に入ったら接客の練習もしないといけないし、直前はお茶菓子作りで時間を取られるし」

「お茶菓子作りっていえば、日和ちゃんが教えに来てくれるんだよね？」

「ああ。来週の土日に帰ってくるから、それまでに茶房巡りを終わらせないと」

「そうだね。みんなで集まるの楽しみだな」

そんな何気ない会話をしながら帰路に就いている時だった。

不意に葵さんはピタリと足をとめた。

「葵さん？」

葵さんの顔から笑顔が消えて一点を見つめている。

葵さんの視線の先に目を向け、その理由をすぐに察した。

「お母さん……」

そこにいたのは他でもない葵さんの母親。

以前とは違い明らかに厳しい表情を浮かべていた。

俺は咄嗟に葵さんの前に立ち、庇うように母親と対峙する。

「なんの用ですか？」

母親から向けられている以上に厳しい視線で返す。

しばらく視線が交錯した後――。

「まさか、二人きりで暮らしているとはねぇ」

瞬間、言葉を失うと同時、嫌な汗が背中に滲む。

母親が唐突に口にした一言に心臓を握られたような感覚を覚えた。


——俺と葵さんが一緒に暮らしていることがバレている?


今まで誰にもバレなかったし、これからもバレてはいけなかったこと。

よりにもよって葵さんの母親に知られてしまうなんて……どうする?

「……なんのことですか?」

いや、状況がはっきりする前に認める必要はない。

母親がはったりをかましている可能性がゼロではないと思い誤魔化す。

「とぼけても無駄よ。この一週間、調べさせてもらったから」

母親の言葉は確信に満ちていた。

「あなたたちが帰る後をつけて一緒に住んでるのは確認済み。葵がどこに住んでるかなんて知らなかったけど、まさかクラスメイトの男の子と一緒に住んでいるとは思わなかったわ」

いつ母親が現れてもいいように警戒はしていた。

でも、後をつけられていたのは気づかなかった。

「さぁ葵。行くわよ」

母親は手を伸ばして葵さんの手首を摑む。

「……なによ」

「葵さんは渡さない」

俺は葵さんの手首を摑む母親の手首を摑み返して口にした。

俺が守るとか、葵さんの前で格好を付けたいとか、そんなつもりじゃない。

葵さんが望まない限り母親に好き勝手なことはさせたくなかっただけ。

「渡さない？　あなた、なにか勘違いしてるんじゃない？」

「勘違い？」

母親は疑うような眼差しを向けてくる。

次の瞬間、想像もしていなかった言葉を投げつけられた。

「葵を誘拐でもするつもりなの？」

「……誘拐？」

言葉の意味がわからず、思わず繰り返した声が上ずる。

思考を一周させても母親がなにを言っているか理解できない。

「わからない？　親の許可なく子供を連れまわしたら、それは誘拐と変わらないってことよ」

母親は仕方がないから説明してあげるとでも言わんばかりの態度で続ける。

「私は葵の母親。つまり、保護者であり親権者。親が子供を連れ帰ろうとするのを他人のあなたがとめる権利なんてないでしょう？　それでも邪魔をするなら、それはもう親から子供を奪おうとする誘拐犯と変わらないわ」

なにが親権者だ――。

湧き上がる怒りと共に口にしかけてはっとする。

どれだけ酷い母親だとしても、この人が葵さんにとって唯一の母親なのは間違いない。

俺がどれだけ葵さんを守るためだと主張をしたところで、第三者がこの状況を客観的に見たら、俺が母親から娘を引き離そうとする悪い奴に見える可能性はゼロじゃない。

「そんなつもりは……」

自分のしていることが本当に正しいことなのか判断がつかない。

もし母親の言うことが正しいのだとしたら……俺が今までしていたことは、いったいなんだったんだろうか？

「しかも高校生の男女が二人で生活をしているなんて許される状況じゃない。あなたの両親はこのことを知ってるの？　まさか親に黙って女を囲ってるんじゃないでしょうね？」

「それは……」

母さんは知っているし理解もしてくれている。

だけど……父さんにはバレたらまずいと思って秘密にしている。

やましさが自分の中にある以上、胸を張って言い返せなかった。

「まぁ、あなたの親が知っていても知らなくても問題なのは変わらないけど」

「……」

「未成年同士だから犯罪にはならないのかもしれない。でも、もしあなたが成人していたら、未成年との同居は本人の同意があったとしても犯罪よ。わかってやってるわけ？」

「………」

「葵を助けた正義のヒーロー気取りなのかもしれないけど、自分がやってることの意味を考えなさい。それでも邪魔をするなら然るべき対応を取らせてもらうけどいいかしら？」

それは親や警察や学校、つまりばらされたら困る相手への連絡を意味しているんだろう。

後になって冷静に考えれば、母親が無茶苦茶なことを言っているのは明らか。

でもこの時の俺は、大人から一方的に向けられる悪意と犯罪という言葉に思考が追いつかなくなってしまい、自分のしてきたことが正しいのか判断がつかなくなっていた。

もう、わけがわからなくなりかけた時だった。

「お母さん、晃君のことを悪く言わないで」

「葵さん……」

葵さんは俺の前に立ち母親と対峙する。

「晃君は行き場のなかった私に手を差し伸べてくれたの。私が望んで晃君のおうちにお世話になっていたの。私には犯罪かどうかはよくわからないけど、少なくとも晃君はお母さんの思っているような悪い人じゃない。だから、悪く言わないで欲しい」

「そう。でも、これだけ言っても私たちの邪魔をするなら悪い人よね？」

葵さんは一瞬だけ目を伏せる。

次の瞬間、顔を上げると同時にまさかの言葉を口にした。

「一日だけ時間をちょうだい」

一日だけ……？

「明日、改めて連絡をするから……お願い」

「わかったわ。一日だけ、必ず連絡すること」

母親はそう言うと、葵さんと連絡先を交換してその場を後にする。

去っていく母親の背中を目で追いながら思う。

どうしてこんなことになったんだろうか？

未だ頭が混乱し続ける中、ほとんど理解は追いつかないし答えも見つからない。

嫌になる……この時の俺は、葵さんに守られたことすら気づかなかったんだ。

＊

母親と別れた後、俺たちは一言も言葉を交わすことなく帰宅した。

　お互いの間に流れる空気は重く、家に着いてからも晴れることはなく、無言のままリビングで過ごす時間だけがゆっくりと流れていく。

　いつもなら帰宅後、すぐに俺は夕食の支度に取り掛かり、できるまでの間に葵さんはお風呂に入る。一緒に夕食を取った後、俺がお風呂の間に葵さんが食器を洗うのがルーティン。

　だけど今は、そんなことをする気にもなれずにソファーに座ったまま。

　まるでこれから起きることを前に、お互いに心の準備をしているかのよう。

　それからどれくらい時間が流れただろうか。

　沈黙を破ったのは葵さんだった。

「お母さんが酷いことを言ってごめんね」

「いや……葵さんが謝ることなんてないさ」

「お母さんがなにを言っても、私は晃君に助けてもらったことを感謝してるから晃君は気にしないで。然るべき対応を取るって脅しみたいなことを言ってたけど、実際になにかしたりはしないと思うから大丈夫。怒るといつもあんな感じなんだ……」

「そっか……」

　怒るといつもあんな感じ——その言葉と実際に母親と対峙して受けた印象から、おそらく葵さんの母親は、相手の弱みや落ち度を徹底的に詰めるタイプの人なんだろう。

　葵さんも今までそんなふうに怒られてきたんだろうと容易に想像できた。

「私ね、お母さんのところへ行こうと思う」

その一言に心臓が跳ねた。

反射的にとめたい衝動に駆られる。

「……そっか」

だけど、溢れそうになる感情と言葉を飲み込んだ。

なぜなら、葵さんが母親の元へ帰る決断をするのはわかっていたこと。

葵さんは母親に『一日だけ時間をちょうだい』と口にした。

それは言い換えれば、一日後には母親の希望に沿うという意味に他ならない。

母親もそれを理解していたからすんなり身を引いたんだろう。

わかっていたからあの瞬間からずっと、今の今まで心の準備をしていたのに……それでも動揺する自分を抑えることはできなかった。

「もう二度とお母さんと会うことはないのかもしれないって思ってた。でも、こうしてお母さんが帰ってきたからには、これからについてお話をしなくちゃいけないと思うの」

そう語る葵さんの言葉には、いつも以上に明確な意志を感じた。

二度と会うことはないのかもしれない――。

そう言葉にしつつも、もしかすると、いつかこんな日が来るとわかっていて心の準備を進めていたかのような……そんな落ち着きと冷静さと、決意のようなものを感じさせる。

「みんなから見たら酷い母親かもしれない。他人から見たら家族として破綻（はたん）してるのかもしれない。私自身、そう思ってないといえば嘘（うそ）になるよ。でもね……それでも家族だから、できることなら家族としてやり直したいとも思うの」

その一言にはっとさせられた。

確かに葵さんの言う通り、俺たちから見た葵さんの母親は最低だ。

夫を裏切り、娘を捨てて、親とも縁を切った最低な人にしか思えない。

でもそれは俺たちから見た母親であり、葵さんにとっては唯一無二の母親なんだ。

どれだけ酷いことをされても見捨てることはできず、家族であることを諦（あきら）めることもできず、仲の良い家族に戻りたいと願わずにはいられない理由が葵さんにはある。

なにも家族として過ごしてきた十五年間の全（すべ）てが辛いことばかりではなかったはずだ。

幸せな時間はあっただろうし、母親に優しくされた思い出もあるはず。

以前、葵さんが家族との幸せな思い出を語っていたこともあったじゃないか。

俺たちが目にしている一部の事実だけが全てではなくて当然だろう。

「もちろん、それが無理かもしれないのはわかってるの。でも、たとえ無理だとしても私なりに決着を付けたい。そのために、もう一度だけお母さんと向き合いたいと思ってる」

もし自分が葵さんの立場だったらと考えてみる。

葵さんの気持ちを察するには、それだけで充分だった。

「わかった。葵さんがそうしたいなら俺は応援するよ」

もちろん寂しさはある。

これからもずっと一緒にいたいと思っていたから。

でも……葵さんの想いを尊重するべきなんだと思う。

今は前を向いている葵さんの背中を押してあげるべきだ。

「ありがとう。どうなるかわからないけど、でも——」

葵さんは両手で優しく俺の手を握る。

「どんな結果になっても必ず帰ってくるから待っててくれる？」

「え——？」

思ってもみない言葉を掛けられ、思わず疑問の声が漏れた。

「帰ってきてくれるの？」

「うん」

「本当に？」

「うん。もちろん」

「お母さんと仲直りできたとしても？」

驚きと戸惑いと嬉しさと、とにかく色々な感情がごちゃ混ぜになって声が上ずる。

まるで子供のように質問攻めをする俺を見て、葵さんは優しさに満ちた笑みを浮かべた。

「晃君、忘れちゃったの？」

「え……？」

「言ったでしょ？　なにがあっても晃君が転校するまでは一緒にいるって」

その言葉を聞いた瞬間、胸が詰まって息が苦しくなった。

鼻の奥がツンとして、目の奥がわずかに熱くて、指先が痺れるようにチリついて震える。なにかを言おうとしているのに言葉が続かないことで、ようやく自分の気持ちに気づいた。

そうか……俺は今、悲しくもないのに泣きたくて仕方がないんだ。

「晃君、私の言葉が信じられなくなっちゃった？」

声にならず、代わりに首を横に振る。

そんなことはない。

葵さんの言葉を疑ったことなんて一度もない。

それでも葵さんが母親と一緒にいることを選ぶのであれば、その想いは尊重するべきだと思い、自分の気持ちに蓋をすべきだと思ったんだよ。

たとえ俺との約束があったとしても、葵さんの意志がなにより大切だと思うから。

それでも葵さんは、母親のことで悩みつつも俺との約束を忘れずにいてくれた。

むしろ俺との約束ありきで考えていてくれたことが嬉しくてたまらない。

「お父さんに一緒に暮らそうって言われた時と一緒。私は今が一番幸せだから、お母さんとのことがどんな結果になったとしても必ず帰ってくる。だから待っててくれる？」

返事の代わりに葵さんの手をしっかりと握り返す。

「葵さんの好きなハンバーグを作って待ってるよ」

「本当？　この前食べそびれちゃったから楽しみにしてるね」

そう言って浮かべる葵さんの笑みは、いつも以上に穏やかだった。


そして翌日、土曜日の夕方——。

「じゃあ、行ってくるね」

俺は母親の元へ帰る葵さんを玄関先で見送っていた。

「ああ。なにかあったら連絡して」

「何日くらい掛かるかわからない。きっとしばらくは学校を休むことになると思うし、お母さんと一緒だからあまり連絡もできないと思う。ああいうお母さんだから、晃君に連絡してると知ったらいい気はしないと思うの。でも、できる時に連絡するから待ってて欲しい」

「ああ。わかった」

「それと……」

葵さんは申し訳なさそうに瞳（ひとみ）を伏せる。

「学園祭の準備ができなくてごめんね」

「心配しなくて大丈夫。俺が頑張るし、瑛士も泉も、クラスのみんなもいる。こっちの心配はしなくていいから、今はお母さんとのことだけを考えて」

「うん。ありがとう」

葵さんは荷物を手に家を後にする。

「行ってきます」

「ああ。行ってらっしゃい」

徐々に葵さんの後ろ姿が小さくなっていく。

葵さんは何度も振り返り、笑顔で手を振っていた。

その姿を見送りながら、俺は今の自分にできることを考え続けていた。

*

「なるほどね……」

「葵さんらしいといえばらしいのかな」

葵さんが家を後にして二日後、月曜日の朝――。

俺は瑛士と泉を屋上に呼び出して葵さんのことを説明していた。

葵さんの母親が再び俺たちの前に現れたこと。

葵さんは母親との関係の修復を望み、もう一度だけ向き合おうと母親の元へ帰ったこと。学園祭までに必ず帰ってくると約束してくれたことや、準備を託されたことも伝えた。

二人とも概(おおむ)ね葵さんの選択を受け入れてくれているようだった。

「僕らは葵さんの母親に会ってないからわからないけど、話を聞く限り信用における人ではなさそうだから心配だね」

「うん。そもそも話し合いにならなそうな気がする……」

二人がそう思うのは当然だろう。

事実、俺だってそう思っている。

「葵さんが母親と和解できるなら一番だけど、できなかった場合。さらにいえば、和解できずに葵さんが晃の元へ帰ってくるのを母親が許さなかった場合はどうするつもりだい？」

もちろん、そのケースを考えなかったわけじゃない。

「その時は手段を選ばない。具体的にどうするかは考えてる最中だけど、母親が誘拐だとか犯罪だとか騒ごうと、葵さんが望むならどんな手を使っても連れ帰る」

二人の前で口にすることで自分の意志を再確認する。

次に母親と対峙する時は、もうなにがあっても怯まない。

「まぁそんなわけで、このタイミングで実行委員の一人が不在になって瑛士や泉にはもちろん、クラスのみんなにも申し訳ないけど、俺が葵さんの分まで働くから勘弁してくれ」

「なに言ってるの？」

すると泉は不満そうに頬を膨らませた。

俺なりの決意を口にしたつもりだったんだがお気に召さなかったらしい。

「葵さんが抜けた穴を晃君一人に負担させるわけないでしょうが。ねぇ瑛士君」

「うん。晃の気持ちもわかるけど、半分は僕らに任せてよ」

「そうそう。みんなで葵さんが安心して帰ってこられるように頑張ろ♪」

「二人とも……」

二人の言葉で目が覚めたような気がした。

冷静でいようとして、でもどこか冷静ではなかったのかもしれない。

今さら一人でなんとかしようなんてどうかしていた。

「悪い。水臭いことを言ったな」

改めて、頼れる親友が二人もいることのありがたさを実感する。

「二人とも、葵さんのために力を貸してくれよ」

「もっちろん♪」

いつも思う。

こんな時、泉の明るさには救われるって。

「でも、晃君は大丈夫なの？」

「葵さんのことはもちろん心配だけど、僕らは晃のことも心配しているんだよ」

「なにかあればいつでも相談してね。わたしたちは二人の味方なんだからさ」

「ああ……ありがとうな」

葵さんのことだけじゃない。

俺のことも心配してくれる二人の気遣いが嬉しかった。


その後、教室に戻った俺はクラスメイトに事情を説明するべく教壇に立っていた。

みんなの視線が集まる中、俺はすぐに本題を切り出した。

「みんなに一つ、伝えなくちゃいけないことがあるんだ」

そこまで深刻な空気は出さないように努めたつもりだった。

だけど、みんなの表情が硬くなったのが教壇からだとよく見える。

もしかしたらこの場に葵さんがいないことで、なにかを察していたのかもしれない。

「実は葵さんが、しばらく学校を休むことになった」

当然、教室がざわつきに包まれる。

クラスメイトのリアクションは様々だった。

なにかあったんじゃないかと心配そうな顔をする人もいれば、準備を心配して騒がずにはいられない人。中には驚きのあまり声をなくして俺に視線を向け続けている奴もいる。

俺が想像していた以上に混乱しているように見えた。

少しするとみんな声を潜め、俺の言葉の続きを待つ。

「理由はプライベートなことだから、申し訳ないけど詳しくは話せない。学園祭前の大切な時期に実行委員の一人が学校を休むなんて、みんなも心配するだろうし困ると思う……それについては本当に申し訳ない」

教壇に手をついて頭を下げる。

「学園祭までには帰ってくる予定なんだが、正直それもどうなるかわからない。でも葵さんは必ず帰ってくるって約束してくれた。俺はその言葉を信じてる。だから……葵さんが帰ってくる場所をちゃんと用意しておいてやりたいんだ」

下げたまま誠心誠意言葉を紡ぐ。

「もちろん納得できない人もいると思う。準備を放り出して、学園祭前に帰ってきて参加だけしようなんて都合がいいだろって思う気持ちもわかる。でもさ……俺や瑛士や泉が葵さんの分まで頑張るから、みんなにもこれまでと変わらず力を貸して欲しいんだ」

頭を下げたままだから、みんながどんな顔をしているかわからない。

それでも静まり返る教室の状況から、みんなが困惑している空気が伝わってくる。

いつもならこんな時、泉が先頭を切って声を上げてくれる。

クラス委員でムードメーカーの泉が場を盛り上げることで、これまで何度もクラスのみんなは纏まりを見せてきた。

この状況で泉がそうしないのは、きっと泉もわかっているんだろう。

自分がいつものように強引に場の空気をポジティブにするだけではダメなんだと。

この状況を受け入れるとしても拒否するとしても、文句の一つもあったとしてもなかったとしても、協力を得られるとしても得られないとしても……。

それはきっと、みんなが決めること。

しばらく静寂が教室を包んだ後。

「今さらなに言ってんだよ」

一人の男子が声を上げた。

「葵さんが学園祭を成功させるために頑張っていたのはみんな知ってる。そんな葵さんが学校を休まなくちゃいけなくなったってことは、余程のことなんだって言われなくてもわかるさ。葵さんの分まで頑張ろうって思う奴はいても、都合がいいなんて思う奴はいないだろ」

その言葉に瞼の奥が熱を帯びる。

「そうだよ。今まで率先してみんなのために頑張ってくれてたんだから、後のことは私たちに任せて休んでもらいたいくらい。葵さんのことだから今頃（いまごろ）、休まなくちゃいけないことに胸を痛めてるんじゃないかな」

「ああ、葵さんのことだからきっとそうだろうね」

「晃君、葵さんに連絡が取れるなら伝えてあげて。みんなが『大丈夫だから、心配しないでね』って言ってるよって」

「そうと決まれば、葵さんの仕事をみんなで割り振らないとな」

みんな自発的に集まり、これからのことを話し合い始めた。

「…………」

なんていうか……もう言葉がない。

どうにかしてみんなにわかって欲しいと思っていた。

でもまさか、こんなにも理解を示してくれるなんて思わなかった。

みんなの優しい言葉に胸を打たれて言葉が詰まり、感謝の言葉も言えやしない。

「わたしたちの心配は杞憂（きゆう）だったね」

「それだけ葵さんが頑張ってきたってことさ」

気が付くと瑛士と泉が俺の横に立っていた。

本当に二人の言う通りだと思う。

「この光景を、葵さんに見せてあげたいよ」

無理だとわかっていてもそう思わずにはいられない。

そしてもう一つ、この光景を見て思うこと——これだけ葵さんのことをわかってくれる人がいるのなら、俺はもう転校した後の葵さんの心配なんてしなくていいんだろう。

それは言葉にできないくらい嬉しいことだと思うと同時。

言葉にしたくないくらい……少しだけ寂しかった。

第五話 ✿ 彼女のためにできること

葵さんが不在の中、それでも変わらず時間だけは過ぎていく。

俺は気持ちを新たに学園祭の準備とアルバイトに明け暮れていた。


葵さんが帰ってきた時に安心できるように――。

なにより葵さんの居場所を守るために――。


やるべきことに没頭する毎日はあっという間で、学園祭まであと三週間。

泉と瑛士はもちろん、クラスメイトの協力もあって学園祭準備の進捗は問題ない。

俺のミッションである接客の習得もアルバイトの甲斐あって形になってきたと思う。

ちなみに葵さんがしばらくアルバイトを休むことは、俺から店長に伝えておいた。

店長はなにも聞かずに一言『わかった』と言って了承してくれた。葵さんが不登校の頃から気に掛けてくれていた人だから、なにかあったと察してくれたんだろう。

こんな時だからこそ、店長の配慮がありがたくて仕方がない。

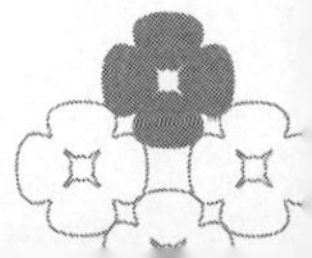

そんな感じで概(おおむ)ね問題はなく、唯一あるとすればプレートメニュー選び。

本当ならもう茶房巡りを終えている予定だったが、葵さんが母親の元へ帰ったことや実行委員が俺一人になって忙しいこともあり、最後の一店舗だけ足を運べていない。

一人で行こうと思ったが、結局時間が取れないまま迎えた土曜日。

キッチンで一人調理道具の準備をしていると、不意にインターホンが鳴り響いた。

「お、来たな」

すると間髪を容(い)れず、追い討ちをかけるようにインターホンが鳴り響く。

これでもかってくらいのピンポン連打で早く出迎えろと催促をされまくる。

「はいはい、今行くから連打するなって」

玄関へ向かいドアを開けた瞬間、見慣れた顔が飛び込んできた。

「遅い」

そこには無表情で不満を漏(も)らす俺の妹――日和(ひより)の姿があった。

こんな時だからこそ、いつもと変わらない日和の様子に安心感を覚える。

「わざわざ来てもらってありがとうな」

「気にしないで。私も楽しみにしてたから」

日和は普段から感情を表に出すことが少なく、故に声音(こわね)もあまり抑揚がなくフラットなんだが、いつもより微妙に声が高いのを聞く限り相当楽しみにしていたらしい。

日和の荷物を受け取り一緒にリビングへ向かう。

「私がメッセージで送った道具は揃えておいてくれた？」

「ああ。泉に手伝ってもらってなんとか全部用意できたよ」

「そう。それならよかった」

日和の言っている道具というのは他でもない、お茶菓子作りに必要な道具のこと。

今日と明日は学園祭で出すプレートメニュー用のお茶菓子作りを日和に教えてもらうため、瑛士と泉を家に招いて一泊二日のお茶菓子作り合宿をすることになっていた。

材料はこの後メニューを決めてから買い出しに行く予定になっていて、事前に必要な道具を日和に教えてもらい、泉に借りたり買い揃えたりしておいた。

「それにしても、日和がお茶菓子を作れるなんて驚いたよ」

「晃には作ってあげたことなかったけど、泉にはよくお願いされて作ってた」

「一緒に暮らしていても知らないことってあるもんだよな。料理もできるのか？」

「料理はできない。お茶菓子はグラム単位で量れば絶対に間違えないから作れるけど、料理みたいな少々とか適量とか、答えがあってないような感じのものは作れる気がしない」

なるほど。

泉は真逆のことを言っていたけど、日和の言っていることもよくわかる。

事あるごとに泉と日和は正反対だと感じ、その都度なんで気が合うのか疑問に思っていたが、もしかしたら正反対だからこそ互いに補い合って仲良くやれるのかもな。

まるで磁石みたいに真逆だからこそ惹かれ合うのかもしれない。

「泉と瑛士君はまだ来てないの？」

「ああ。本当は今頃もう着いてる予定だったんだけど……」

「泉のお寝坊さんはいつものこと」

泉の生態を熟知している日和に説明は不要だった。

「瑛士から少し遅れるって連絡があった」

「いつも通りで安心する」

今さら俺も日和も驚きはしない。

むしろ時間通りに着いていたら逆に心配になる、と言ったらさすがに失礼か。

「泉と瑛士君が来る前に、葵さんと三人でメニューの相談をしたいんだけど――」

日和はリビングを見渡しながらそう言いかける。

そして、ようやくあるべき姿がないことに気が付いた。

「葵さんは？」

俺は日和を驚かせないように努めて穏やかに答える。

「今はいないんだ」

「いない？」

だが、日和にしてみれば俺が落ち着いていることが逆に不自然に映ったのかもしれない。

いつも表情を崩さない日和の眉がわずかに歪んだ。

「どういうこと？」

隠し事は許さないとでも言うように一歩詰め寄ってくる日和。

元から隠すつもりはなく、俺は日和と並んで腰を掛けてから事の経緯を説明し始める。


少し前に、葵さんの母親が俺たちの前に現れたこと。

母親は葵さんにまた一緒に暮らそうと持ち掛けてきたが、その口ぶりから目的は父親から振り込まれている養育費だろうということ。母親に俺たちが二人きりで暮らしていることがバレ、親権者であることを盾にして葵さんを連れ帰ろうとしたことも話した。

そして葵さんは母親との関係に決着を付けるため一時的に母親の元へ。

俺たちは葵さんを信じて待ち続け一週間が経過したのだった。


「そう……」

全てを話し終えると、日和は明らかに感情を露わにしていた。

顔は変わらず無表情だが、膝の上に乗せていた手でスカートを握り締めている。

日和は感情を表に出すことは極めて少なく、また言葉にすることも少ない。だけど、どうしても気持ちを抑えられない時だけ行動で表すことがある。

日和のことを深く知らなければ気づきもしない些細な感情表現方法。その手に込められた力の強さが、日和のやり場のない気持ちを表しているようだった。

日和は深呼吸をした後、握り締めていた手を解きながら口にする。

「それで、晃は大丈夫なの？」

日和は泉と同じように俺を心配して声を掛けてくれた。

本当、こんなところまで似ているとさすがに笑いそうになる。

「ありがとう。俺のことは心配いらない」

「それならよかった。その後、葵さんとは――」

日和が言いかけた時、不意にインターホンが鳴り響いた。

瑛士と泉が来たんだろうと思い玄関まで出迎えようとしたんだが。

「日和ちゃーん！」

俺がソファーから立ち上がるより早く、泉の元気な声が玄関から響いてきた。

直後、ドタバタと家に上がる音と共にリビングのドアが開き。

「おかえり！　会いたかったよ！」

泉は入ってくるなり日和に抱き付いた。

「ただいま。元気にしてた？」

「元気だけど、やっぱり会えなくて日和ちゃん成分欠乏症だったの」

そして始まる泉と日和の恒例行事。

「はあぁぁぁ……」

泉はまるで猫でも吸うように日和の頭に顔をうずめ、匂(にお)いを嗅(か)ぎながら恍惚(こうこつ)の表情を浮かべる。そんな泉に抱き締められながら、泉の頭をよしよしと撫(な)でてあげる日和。

「日和ちゃんの香りはやっぱり落ち着くなぁ……」

毎度のことながら、どっちが年上かマジでわからん。

いつもならやれやれとしか思わないんだが、今は見慣れた光景に心が落ち着く。

後からリビングにやってきた瑛士も微笑ましそうに二人を見つめていた。

「よし。全員揃ったところでさっそく始めるか」

「うん。そうしよう！」

テーブルを囲うように腰を下ろすと、さっそく泉が場を仕切り出した。

「今日と明日は和風金髪ギャル喫茶(きっさ)で出すプレートメニューの決定と、実際にお茶菓子の試作品を作るために集まったわけだけど――そう言えば晃君、お店は全部回れたの？」

「一店舗だけ足を運べてないんだが、それなりに多く回ったから大丈夫だと思う。食べたお茶菓子は写真に撮ってクラウド保存してあるから、今から三人にＵＲＬを送るよ」

「ありがとう♪」

メッセージアプリでURLを送ると、みんなスマホを手に写真を確認し始める。

「へぇー結構たくさん食べて回ったんだね」

「ああ。おかげで俺もすっかりお茶菓子が好きになったよ」

「それはいいことだね！」

そんな会話をしながらしばらく写真を眺める。

「俺以上に葵さんがお茶とお茶菓子にはまってさ。実は予定していたよりも多くのお店を回りたいって言い出して、休みの日だけじゃ足りないから学校帰りとか土曜日のバイト後とか、隙間（すきま）時間にあちこち行ってたんだ。一店舗だけ回れなかったのはそれが原因だったりする」

「そっか～。葵さんもお茶の楽しみを覚えちゃったか～♪」

泉は写真を眺めながらうんうん頷（うなず）く。

同じ趣味の仲間が増えて嬉（うれ）しいんだろう。

「葵さんが帰ってきたら一押（いちお）しのお店に連れてってあげないとだね！」

「ああ、ぜひそうしてあげてくれ」

きっと葵さんも喜ぶと思う。

「それで、プレートメニュー用のお茶菓子は何種類にするんだ？」

「えっとね、五種類は欲しいと思ってる」

話を戻すと、泉は事前に考えていたらしくすぐに答えた。

「五種類は多いと思うかもしれないけど、個々の量は少なくていいから種類を増やしたいの。お茶と一緒に楽しむものだから、量よりも種類が多い方が満足度も高いと思うんだ」

「なるほどな……」

確かに茶房を巡っている時、俺も色々なお茶菓子を楽しみたいと思った。

葵さんとシェアしたから少量で色んな種類を楽しむことができたが、一人だとあれこれ頼んでも食べきれないだろうし、泉の言う通り少量で種類を増やす方がいいかもしれない。

ただ、問題があるとすれば――。

「料金はいくらくらいで考えてるんだ？」

与えられた予算内に収められるかどうか。

「お茶とプレートメニューのセットで五百円にしようと思ってるの」

「お茶とセットで五百円か……安すぎる気がするけど採算合うか？」

「必要以上に利益を出そうとしなければ、五百円でも問題なく採算は取れると思う。仕入れ価格や作る時の味の濃さにもよるけど、抹茶一杯の原価って七十円前後くらいだからね」

「え？　抹茶ってそんなに安いのか？」

泉を疑うわけじゃないが、確認の意味を込めて日和に尋ねる。

「もっと安いのもある。よほど高級じゃなければそんなもの」

「俺が茶房で飲んだ時は抹茶だけで一杯五～六百円だったぞ」

「お店で出す場合は利益の他にも場所代や人件費込みだから当然」

そりゃそうか。

ふとアルバイト先の喫茶店で出しているコーヒーの原価が気になった。

「普通の抹茶だけじゃなくて、抹茶ラテとか抹茶フロートも出そうと思ってるから平均価格はもう少し上がると思うけど、高い抹茶に拘らずにそれなりのものを選べば、残りの予算で五種類作るのは難しくないいんじゃないかな」

「なるほどな……」

せっかくならいいものを使いたいとも思うが、泉の言う通りかもしれない。

高校生の学園祭なんだから品質に拘りすぎるよりも大切なことがあるはず。

必要以上に利益を追求しようとせず、予算の多くをお茶菓子に充ててプレートメニューを充実させ、お客さんの満足度を優先するのは学園祭を楽しむという意味でも正解だろう。

「わかった。その方向で話し合おう」

こうして実際に食べた俺の感想に泉と日和の意見を踏まえて選び始める。

数々のメニューの中から候補に挙がったのは、緑茶羊羹と栗羊羹のセット、抹茶餡を使った饅頭と抹茶のティラミス、そして抹茶アイスとバニラアイスのセット。

普通の抹茶の他に抹茶ラテなどのドリンクメニューも出す点や、お客さんの大半は学生という点も考慮し、渋めの和菓子だけではなくティラミスやアイスなども用意。

あと一品はあんみつにしようと思ったが、みんなで相談した結果やめた。

茶房といえばあんみつは定番だし、抹茶との相性もいい人気メニューだが、他のものに比べて具材が多く手間が掛かる上に材料費も増えそうということで断念。

もう少しコストが低いお茶菓子にしたいがなかなか見つからない。

「せっかくなら葵さんの好きなメニューも入れてあげたいな」

するとが泉ポツリと漏らした。

「葵さん、食べたお茶菓子の中でどれが好きとか言ってた?」

「んー……どうだろう。全部美味しそうに食べてたけど、特別これがいいとは言ってなかったかな。その辺りは葵さんも後から話し合うつもりだったんだろうし」

「そうだよねぇ」

すると日和はソファーから立ち上がり。

「時間は限られているから、決まったお茶菓子から作る練習を始めた方がいい。最後の一つは今すぐ決めなくても、決まったら教えてくれればまた教えに来る」

そう言いながらバッグを手に出かける準備を始める。

「日和ちゃんの言う通りだね!」

「そうと決まれば材料の買い出しに行くか」

こうして俺たちは家を後にして買い出しに向かう。

最後の一種類は葵さんが帰ってきたら一緒に決めよう。

そう思うと、葵さんが帰ってくるのが一層待ち遠しかった。

*

「日和先生、よろしくお願いします！」

「まかせて」

買い出しを終え、いよいよ日和先生によるお茶菓子作り教室がスタート。

キッチンに全員集合し、エプロンを着けて袖(そで)をまくって準備万端。

細かなことが苦手な泉には実作業を担当してもらい、俺が計量や道具の準備など泉のサポート、瑛士にはレシピや必要事項のメモを担当してもらって作業を進めていく。

正直始めるまでは、お茶菓子作りは相当ハードルが高いんだろうと思っていた。

でも分量と手順さえ間違わなければ作業自体は意外とシンプルらしい。

たとえば緑茶羊羹の作り方。

用意する材料は寒天と水、白餡、牛乳、生クリーム、緑茶パウダーの六種類だけ。

鍋に水と寒天を入れて沸かし、寒天が溶けたら材料を順に加えてよく混ぜ、五分ほど中火に

かけたら粗熱を取って容器に入れる。

その後、冷蔵庫で数時間冷やし固めれば完成。


抹茶アイスの作り方なんて想像もつかなかったがめちゃくちゃ簡単。

材料は抹茶の他に牛乳、生クリーム、卵黄、卵白、砂糖しか使わない。

抹茶と砂糖を混ぜておき、そこへ温めた牛乳と卵黄を順に加えてよく混ぜる。

その後、生クリームと卵白で作ったメレンゲを順番に少しずつ入れながら泡だて器で混ぜ合わせ、まんべんなく混ざったら容器に入れて冷凍庫で八時間ほど冷やし固める。


どちらにも共通していることは量を間違えず、順番に混ぜ、固めるだけ。

細かいことをいえば各工程で大切なポイントはあるものの、大きく分けてこの三つ。

ぶっちゃけ拍子抜けするほど簡単で、やる気さえあれば誰(だれ)でも作れると思う。

本当に自分たちで作れるのか心配していたが、どうやら杞憂(きゆう)だったらしい。

そんな感じで日和先生のお茶菓子作り教室は夕方まで続き、俺たちは無事に作り終えた四品のお茶菓子と淹(い)れたての抹茶を前に、リビングでテーブルを囲んでいた。

「じゃあ、さっそく試食しよう!」

「ああ、いただこうか」

泉は待ちきれない様子でフライング気味に抹茶のティラミスを口に運ぶ。

次の瞬間、頬に手を当て表情を緩ませながら目を細めた。

「んん……美味しぃ……」

こういう時はいつも大騒ぎする泉の口数が少ない辺り、よほど美味しかったんだろう。

幸せを噛み締めている泉を横目に、俺も抹茶のティラミスを口にした瞬間。

「うわ……めちゃくちゃ美味いなこれ」

想像以上の美味しさに驚きの声が漏れた。

生クリームとチーズのコクのある味わいに、抹茶のほのかな苦みがアクセントになっていて後味も爽やか。スイーツとしての甘さを抹茶がいい感じに中和してくれている。

とろとろの触感で口当たりもよく、これならいくらでも食べられそう。

やや大人の和スイーツといった感じで甘いものが苦手な人にも好まれそうな味。

「これを自分たちで作ったと思うと、ちょっと驚きだよな……」

「うん。これは普通にお金を取っていいレベルだと思う」

瑛士もお気に召したらしく手がとまらない。

「お店のメニューを参考にしたから美味しいのは当然。晃の写真にあったお茶菓子、ほとんど食べたことがあって味を覚えていたから真似するのは難しくなかった。もちろん、正確な材料や作業工程はわからないから完璧じゃないし、オリジナルの要素の方が強いけど」

「それでも充分だって」

「うん。わたし、これすごく好き♪」

記憶を基に近い味を再現できるだけでもすごすぎるだろ。

なんかちょっと日和の才能を垣間見たような気がする。

「次は抹茶アイスを食べてみようかなー♪」

そんな感じで泉は食べる度に幸せそうな表情を浮かべる。

こうしてお茶菓子作り合宿初日は過ぎていった。

*

「……もう無理。抹茶饅頭はあと十個しか食べられないよぉ」

「泉は寝ても覚めても食べてばかりだな」

夕食と風呂を済ませた後、泉はソファーで横になりながらそんな寝言を口にしていた。

日中は作ったお茶菓子を食べて、夕食もがっつりお代わりして、風呂上がりのデザートとか言って知らぬ間に買っておいたよもぎ饅頭を三つも食べれば夢でうなされもする。

毎度思うがおまえは食欲の権化か。

「僕らは先に休ませてもらうよ」

瑛士は泉をお姫様抱っこして立ち上がる。

「ああ。前と一緒で両親のベッドを使ってくれ」

「ありがとう。じゃあ、おやすみ」

リビングを後にする二人を見送ってから壁掛け時計に目を向ける。

すると時計の針はちょうど零時を回ったところだった。

「俺たちもそろそろ寝るか」

そう日和に声を掛けると。

「うん。でも、その前に昼間の続き」

「昼間の続き?」

日和は眺めていたスマホを置いて俺に向き合う。

「その後、葵さんから連絡はあるの?」

そう言えば昼間、話の途中で泉たちが来たんだったな。

日和なりにずっと心配してくれていたのかもしれない。

「毎日とまではいかないが、二日に一度くらい連絡をくれてるよ。もし俺と連絡を取ってることが母親にバレたら面倒なことになりかねないから、葵さんから必要最低限にしようって言われてさ。今は葵さんが無事でいることがわかるだけで充分さ」

「そう。連絡があるならよかった」

「今は葵さんが帰ってくるのを信じて学園祭の準備を進めておかないとな」

俺としては当然のことを口にしたつもりだった。

葵さんの帰るべき場所をなんとしても俺が守るんだと。

日和を前に自分の決意を新たにするくらいの気持ちで言葉にしたんだが。

「でも晃、本当にそれでいいの？」

俺の決意とは裏腹に、日和は俺に疑問を投げかけてきた。

日和の瞳（ひとみ）には疑問以上に心配の色が濃く表れているように見えた。

「どういう意味だ？」

「このままじゃ、もう二度と葵さんに会えなくなるかもしれないってわかってるの？」

「え――？」

不穏な言葉を掛けられて言葉にしがたい不安が胸を襲う。

握り締めている手に汗が滲（にじ）む中、日和は俺を追い討つように言葉を続ける。

「晃はきっと、優先順位を間違えてる」

「優先順位……？」

俺が言葉を繰り返すと日和は力強く頷いた。

言葉の意味を理解しようと必死に思考を巡らせる。

それでも答えが出せずにいると、日和は丁寧に説明するように言葉を紡ぐ。

「母親との関係に決着を付けに行ったのは葵さんの意志。学園祭の準備を任された以上、葵さんの帰ってくる場所を守ってあげようと一生懸命なのもわかる。でも晃が今やるべきことは、葵さんの帰るべき場所を守ることなのかな？」

俺のやるべきこと……。

「みんな葵さんが母親と和解できるのが一番だと思っているはずだし、葵さん自身もそのために母親の元に帰ったはず。でも、もう葵さん一人でどうにかなる問題じゃない――だって、どうにかなるなら初めから葵さんと母親はすれ違ったりしていない」

その言葉にはっとさせられた。

「葵さん一人じゃどうにもならなかったことを、葵さんがもう一度頑張ったところで結果はおそらく変わらない。少なくとも母親が変わらない以上、同じことを繰り返すだけ。もうすでに葵さんの努力だけでどうにかなる状況じゃなくなっているんだと思う」

日和に言われてようやく気づき、思わず左手で自分の口元を覆う。

なんで俺は、そんなわかりきっていることを見落としていたんだろう。

「たぶん葵さんもわかってるはず。わかってるのにどうして一人で母親の元に帰ったのかはわからないけれど、葵さんの中では無理とわかっていても一人で立ち向かう理由があった」

「……それは」

日和に理由はわからなくても俺にはわかる。

俺を守るためだ……。

俺を巻き込まないために、葵さんは一人で母親の元へ帰った。

母親の敵意を俺に向けさせないために、一人で立ち向かうことを選んだんだ。

「学園祭の準備なんて極論、晃じゃなくてもできる。事実、泉や瑛士君だけじゃなくてクラスのみんなが協力してくれてるんでしょ？　でも、葵さんを支えてあげることは晃にしかできない。だから私は、晃が今やるべきことは葵さんを信じて待つことじゃないと思う」

「………」

「相手の言葉を信じて待つことが必ずしも優しさとは限らない。時には相手の希望や願いを無視してでも、断られても無理やり手を差し伸べることも優しさだと私は思う。少なくとも晃は一度、そうやって葵さんを助けてあげたはず」

雨の中、一人佇む葵さんの事情も聞かずに家に連れ帰った時のことを思い出す。

確かにあの時、葵さんの都合なんて無視してでも手を差し伸べずにはいられなかった。

「……日和の言う通りだ」

瑛士と泉に葵さんが母親の元へ帰ったと伝えた時、瑛士から『葵さんが母親と和解できなかったらどうするのか？』と聞かれ、俺は『その時は手段を選ばない』と答えた。

いや、違う――それじゃ遅いんだ。

手段を選ばず行動するのは今なんだ。


俺がやるべきことは、葵さんが帰ってくる場所を守ることじゃない。

葵さんが母親と和解できなかった時の準備をしておくことでもなく、葵さんが家を後にする時に背中を押してあげることでもなく、一緒に立ち向かってあげることだったはず。

それなのに、俺は気づかずに葵さんを一人送り出してしまった……。

俺を巻き込むまいと一人で母親と対峙することを選んだ葵さん。

葵さんを守っているつもりでいて、守られていたのは俺の方。

自分の愚かさに目眩を覚えるが嘆いている暇なんてない。

「日和、ありがとう。目を覚まさせてくれて」

お礼の言葉を口にすると、日和は唇を噛んで視線を落とした。

「晃は真っ直ぐに葵さんの言葉を信じてる。だから、こんなこと言っていいのか迷った。晃だけじゃなくて、泉や瑛士君も葵さんを信じて頑張ろうとしてるのに、水を差すようなことを言うべきなのかなって。でも、言わずに手遅れになるのは嫌だった」

「日和……」

「私はこれからも、葵さんと仲良くしたい」

日和はドライで思慮深い性格故に、周りから冷たい人間だと思われることも多い。

狭く深く人と付き合うタイプだから、日和を理解してくれた人からはすごく好かれて仲良くなるものの、合わない人から距離を置かれることも多いタイプの女の子だ。

その結果、今まで人間関係に苦労してきたことを俺は知っている。

でも、内面は本当に人情深いし義理堅いし、俺なんかよりよっぽど大人で視野も広い。そんな日和がここまで言葉を選び、気持ちを表に出して言葉にしてくれたのが嬉しかった。

こういう時に一番フラットでいてくれるのはいつも日和。

瑛士とはまた違った視野の広さに何度救われてきたかわからない。

「大丈夫だ。葵さんと仲良くする機会なんて、俺がいくらでも作ってやる」

「……ん」

「ありがとうな」

日和の頭をそっと撫でながら感謝の言葉を口にする。

こんなに頼もしい妹は世界中を探したってそうはいない。

だから俺は兄として、葵さんと仲良くしたいという妹の希望を叶えてやりたい。

今ほど自分が日和の兄であることに意味を感じたことはなかった。

日和が部屋に戻った後、俺は一人リビングに残り頭の中を整理していた。

葵さんは今頃、母親とのこれからについて解決をしようと頑張っている。

そしてこの家に帰ってこられるように、一人で頑張ってくれているに違いない。

改めて思うこと。

俺がやるべきことは葵さんの帰ってくる場所を守ることではなく、葵さんと一緒にお互いが望む未来を歩めるように力を合わせて問題を解決することだ。

葵さんの母親の問題は、もうすでに葵さんだけの問題じゃない。

葵さんと一緒にいることを望むなら、俺の問題でもあるはずだ。

「考えろ……」

日和の言う通り、葵さんはきっと母親との関係を修復できない。

それでも葵さんと母親の関係には、なにかしらの決着を付けなければいけない。

葵さんが望むような結果にならなくても、それでも俺と葵さんがこれからも一緒に過ごしていくためには――いや、俺が転校した後も葵さんが変わらず幸せな日々を過ごすためには、少なくとも母親に邪魔をされないようにする必要がある。

今後、もう二度と葵さんの人生に関わらせない。

「だけど、そうは言っても母親である以上……」

つまり親権者である以上、関わりをゼロにすることは難しい。

「……いや、待てよ」

頭をよぎった単語にはっとする。

一つの可能性に気づいてスマホで調べ。

「できる――」

検索結果を見て思わず言葉が漏れた。

葵さんを母親から解放するのは不可能じゃない。

だけど、この方法を取るのは俺と葵さんだけでは不可能だ。

俺はスマホのメッセージアプリを立ち上げて友達一覧をスクロールする。

連絡を取るのは二ヶ月ぶりで、俺から連絡するのは初めてのこと。

俺は一縷（いちる）の望みに懸（か）け、ある人にメッセージを送った。

*

翌日の夕方――。

「二日間ありがとうな」

「最後の一品が決まったら連絡して」

「ああ。わかった」

一泊二日のお茶菓子作り合宿を終え、俺は日和を駅まで見送りに来ていた。

「母さんにもよろしく。気を付けて帰れよ」

「うん。晃も頑張って」

「またな」

改札を抜けていく日和を見送った後、俺はその足で次の目的地へと向かう。

やってきたのは歩いて十五分ほどのところにあるアーケード街。その一角で昔から営業している茶房花月（かげつ）というお店で、葵さんと一緒に来ようと思っていた最後の茶房だった。

地元で長く愛され続けている店舗らしく、創業は明治の時代まで遡（さかのぼ）るらしい。

古き良き日本家屋を感じさせる外観は趣（おもむき）があり、まさに歴史を感じさせる。

以前の自分だったら場違いすぎて入れなかっただろうと思いつつ、数々の茶房を巡った今、ここはどんなお茶を楽しませてくれるのかと期待に胸を膨らませる余裕がある。

だけど、今日はお茶を楽しみに来たわけじゃない。

俺は気を引き締め直してから扉を開ける。

「いらっしゃいませ」

すると、すぐに店員さんが声を掛けてくれた。

「待ち合わせをしている明護（あかもり）です」

「お待ち合わせの方は先に到着されています。どうぞ、ご案内いたします」

店員さんの後に続き、奥の個室に通されて襖を開ける。

するとそこには一人の中年男性の姿があった。

「遅くなってすみません」

「気にすることはないさ。私が早く来すぎただけだからね」

部屋に上がって腰を下ろす。

こうして二人で向かい合うのは夏休み以来。

「急なお願いなのに、お時間を取っていただいてありがとうございます」

「週末は仕事が休みだから大丈夫。それに、葵の話となれば急ぎでも都合を付けるさ」

葵さんの名前を呼び捨てで呼ぶこの男性は他でもない。

俺が待ち合わせをしていたのは葵さんの父親だった。

「でもまさか、待ち合わせの場所が花月だとは思わなかったから驚いたよ」

「ここをご存じなんですか？」

父親は感慨深そうに頷く。

「ここはお茶だけではなく抹茶プリンも有名でね。葵が小さい頃、よく仕事帰りに買って帰っていたんだ」

前に葵さんが話してくれていたことを思い出す。

幼い頃、まだ両親の仲が良かった頃のこと——父親が仕事帰りによくプリンを買ってきてくれて、お風呂上がりに家族三人で食べるのがなによりの楽しみだったと。

葵さんにとって数少ない家族の幸せな記憶の一つ。

「葵さんから聞いています。お父さんの買ってきてくれるプリンが楽しみだったと」

「プリンといっても抹茶味だから、子供の口には合わないかもしれないと心配したんだが、葵はとても気に入ってくれてね。よく催促されたものだよ……」

父親は目を細めながら当時の思い出を語る。

二度と家族の団欒(だんらん)は訪れないとしても、思い出を懐かしむくらいは許されるだろう。

父親が語る葵さんとプリンにまつわる思い出話に耳を傾けている時だった。

「そうだ――」

俺の頭の中に一つの考えがよぎった。

「どうかしたかい？」

「あ……いえ、なんでもないです」

浮かんだ考えは名案と言っていいが、今はそれよりも優先することがある。

ひとまず頭の片隅に置いておき、店員さんに注文をしてから仕切り直す。

「でも、どうして待ち合わせ場所をここにしたんだい？」

「実はもうすぐうちの高校で学園祭があるんです」

「ああ、そうか。もうそんな時期か」

父親もかつてこの街に住んでいたのだから、市を上げての学園祭だと知っていて当然。

「うちのクラスは和風金髪――じゃなくて和風喫茶をやる予定で、葵さんと一緒にお客さんに出すお茶菓子を選ぶために色々な茶房を巡っていたんです。本当はここも葵さんと来る予定だったんですけど……」

父親はその言葉だけで察したんだろう。

浮かべていた穏やかな表情をわずかに強張らせる。

「事情があって葵さんと一緒に来られなくなったので、お父さんとの待ち合わせ場所に」

「今日の話はその事情についてということかい？」

「はい。実は……」

そう、ここからが本題。

「葵さんのお母さんが現れました」

「なんだって――？」

父親の表情から完全に笑みが消えた。

「葵さんは今、母親のところへ帰っています」

「詳しく聞かせてもらえるかい？」

「もちろんです」

それから俺は、これまでの経緯を父親に話し始めた。

十月の初旬に葵さんの母親が現れたこと。その場は収めたものの、また母親が現れ親権者であることを盾に葵さんを連れ帰ろうとしたこと。目的が養育費なのは明らかだったこと。

母親ともう一度家族をやり直したいと思っている葵さんの想いも伝えた。

恥ずかしい話だが……葵さんが母親の言葉に従ったのは、母親から法的責任をチラつかせられた俺を守る意味もあったんだろうということも包み隠さずに話した。

「相変わらず自分勝手なことを……」

父親はテーブルの上に置いていた手のひらを固く握り締める。

葵さんの父親は穏やかで物腰も柔らかく優しい人だが、だからといって、この状況で落ち着いていられるはずもない。

必死に怒りを自制しようとしつつも抑えきれていない様子。

すると父親は目を閉じて大きく深呼吸を繰り返してから顔を上げた。

「すまない。少し取り乱してしまったね」

「いえ。お気持ちはお察しします」

それでもすぐに冷静さを取り戻す辺り俺とは違うなと思った。

「はっきり言いますけど、俺は葵さんと母親がやり直せるとは思いません」

「ああ。それは私も晃君と同じ意見だよ」

「もちろん、やり直せるに越したことはありませんが無理だと思います。それはきっと葵さんもわかってる……それでもわずかな可能性を信じて母親の元へ帰ったんだと思います」

父親は葵さんの想いを察し悲痛な表情を浮かべる。

葵さんをこれほど理解してくれる父親の姿を見て思わずにはいられない。


――この人が親権を取れていたら、なにもかも違ったんだろうと。


「結果はどうあれ、俺は葵さんが母親との関係に決着を付けるのは必要なことだと思います。この先の葵さんの人生において、もう母親に振り回されることがないように」

たられればの話をしても仕方がない。

俺は父親にここに来てもらった理由を話す。

「俺は葵さんのためにできることをしてあげたい」

「そのために私を呼び出したんだね？」

その言葉に頷いて見せる。

なにしろ俺がやろうと思っていることは、父親の協力なくして実現できない。

「お父さんにお願いしたいことがあります」

俺は父親に自分が考えていたことを伝えた。

その方法は、父親にとって意外な方法だったんだろう。

俺が説明している間、父親は終始驚いた表情を浮かべていた。

だけど驚いてはいるものの理解はしてくれていたんだと思う。


全ての説明を終えた後、父親は納得した様子で大きく頷いて見せた。

「たぶん……これ以外に葵さんの未来を守る方法はないと思います」

「なるほどね……」

「お父さんのご負担が大きいのは百も承知です。ですが葵さんのために力を貸してください。

俺にできることがあれば、言葉の通りなんでもしますから」

全てを伝えた今、俺にできるのは頭を下げ続けることだけ。

個室が静寂に包まれる中、店員さんがお茶を運んできてくれた。

俺と父親に差し出し、店員さんが部屋を後にした直後――。

「晃君、どうか顔を上げて欲しい」

父親に促されて顔を上げる。

「葵のためならなんでもするという言葉は本来、父親である私が言うべき言葉なんだろうね。

私は父親として至らない点ばかりかもしれないが、それでも気持ちは晃君と同じだよ。葵のためにできることがあるなら協力は惜しまない」

「じゃあ――」

「晃君の言う通り、今の状況を変える最善の方法だと思う。葵の将来のことを思えば遅かれ早かれ考えるべき問題で、そして考えるべき時は、きっと今なんだと思う」

父親は抹茶を一口飲んでから穏やかに目元を緩めた。

「葵のことを真剣に考えてくれてありがとう。改めて、葵の傍にいてくれたのが晃君で本当によかったと思う。私も葵も晃君には感謝してもしきれないな」

「いえ、そんなこと」

「後のことは私に任せて欲しい」

「はい……よろしくお願いします」

こうして俺は父親の協力を得ることに成功。

俺たちは然るべき時に向けて準備を始めたのだった。

第六話　彼女の決断

それから数日が経ち、十月も残すところあとわずか――。

葵さんが母親の元へ帰ってから二週間近くが過ぎた、ある日の放課後のこと。

俺は瑛士と泉を屋上に呼び出していた。

「悪いな……これから学園祭の準備って時に」

「なにがあったか聞かせて欲しい」

瑛士は疑問形ではなく確信を持って言い切った。

察しのいい瑛士のことだから、ここに呼び出された時から察していたのかもしれない。

なぜなら俺が二人を屋上に呼び出す時は、決まって真剣な話ばかりだから。瑛士だけではなく泉も気づいていたようで、その顔からいつもの愛嬌のある笑顔は失われていた。

事実、俺が今から二人に伝えようとしていることは最悪の事態だった。

「四日間、葵さんから連絡がないんだ」

二人とも神妙な面持ちで視線を落とす。

その言葉の意味を正しく理解してくれている証拠だった。

「今まで二日に一回くらいは連絡があったんだけど、四日もないのは初めてでさ」

「葵さんにはメッセージ送ってるんだよね？　既読は？」

「付いてない。葵さんになにかあったか、母親にバレてスマホを取り上げられたか……どちらにせよ連絡が返ってこない以上、なにか不測の事態が起きてるって考えた方がいい」

「この状況で気休めを言っても仕方がないね。僕も晃の意見に同意だよ」

「冷静に考えれば、そうだよね……」

泉は不安そうに自分の身体を抱き締める。

「俺は今から葵さんと母親が一緒に暮らしてるアパートを訪ねてみるよ」

「場所わかるの？」

「ああ。万が一のことを考えて葵さんに聞いておいたんだ」

「それならわたしも一緒に――」

そう言いかける泉を瑛士が手で制した。

「一緒に行かなくて大丈夫かい？」

瑛士は俺が一人で行くつもりなのをわかっていて泉をとめたんだろう。

俺がなんて答えるかもわかっていて、それでもあえて聞いてくれた気遣いが嬉しい。

「ああ。一人で行ってくる。二人には学園祭の準備を頼みたいんだ。それと……ないとは思うけど、万が一明日まで俺からも葵さんからも連絡がなかったらよろしく頼む」

「わかった。泉、ここは晃に任せよう」

「うん……晃君、葵さんをよろしくね」

「ああ。二人とも、ありがとうな」

俺は二人に準備を任せ、すぐに学校を後にした。

＊

葵さんが母親と住んでいるアパートはバスで四十分ほど離れた場所にあった。

田舎（いなか）の交通事情あるあるで、最寄りの駅までかなりの距離があるため駅まで移動して電車に乗るよりも、バスで目的地近くのバス停まで向かった方がずっと早かったりする。

とはいえ、四十分も掛かるんだから早いというのもおかしな話だが。

「葵さん……」

バスに揺られながら、窓の外に広がる見慣れない景色に視線を向ける。

あと数日で十一月ということもあって日が落ちるのは早く、まだ四時半なのに太陽は西の空に沈みかけ、がらんとした車内をオレンジ色に染める。

あと三十分もすれば日没だから着く頃（ころ）には暗くなっているだろう。

逸（はや）る気持ちを必死に抑えながら、到着するまで何度もスマホを確認する。

だけど、葵さんから連絡がないまま最寄りのバス停に到着した。

「着いたはいいけど……」

初めて足を運んだ街の住宅街で土地勘はなく、さらに日が暮れて辺りが暗いこともあり、スマホのナビを使っているのに目的のアパートをなかなか見つけることができない。

ナビ上では十分で着く距離を、結局二十分ほど迷って到着した。

「ここか……」

そこは住宅街の中でも賃貸物件が集まっている一角。

立ち並ぶ建物の大半が古いのを見る限り、昔からある住宅街なんだろう。

その中でも葵さんが母親と住んでいるアパートが特に古ぼけて不気味に見えるのは、建物自体が古いからか、夜で薄暗いからか、それとも俺の心境がそう感じさせるのか。

「……よし」

一度大きく深呼吸をして気持ちを落ち着かせる。

音を立てながら階段を上り、葵さんに教えてもらっていた番号の部屋の前に立ってインターホンを押す。壊れているのか、何度押しても部屋の中から音が響いてくる様子はない。

ドアをノックして声を掛けてみたが、少し待っても返事はなかった。

不在だろうか——そう思ってドアノブに手を添える。

「開いてる……」

わずかに力を込めるとドアノブは抵抗なく回った。

いけないとわかっていても開けずにはいられない。

改めて部屋番号の書かれた表札に目を向け、間違いないのを確認してからドアを開ける。

部屋の中は電気が点いておらず真っ暗。

開いたドアの隙間から、アパートの共有部の灯りが部屋に差し込んで中を照らす。

部屋から流れ出てくる籠った空気が頬を撫でる中、暗闇の中に人の気配を感じた。

「葵さん？」

声を掛けても返事はない。

部屋に足を踏み入れて壁に手をつくと、ちょうど電気のスイッチがあることに気が付いて押してみる。灯りが点いた瞬間、暗闇から一転眩しいくらいの明るさに包まれた。

「…………」

部屋の中は人が住んでいるとは思えないほど生活感がなかった。

冷蔵庫や食器棚、キッチンに調理器具はあるが使った痕跡は見られない。ここで暮らすために必要な物は揃えたものの、実際はほとんど使っていない――そんな印象を受ける。

灯りの点いていない奥の部屋に目を向けると、人の気配はそこからしていた。

緊張しながらゆっくりと部屋に入る。

すると、床に力なく座っている女の子の姿があった。

「葵さん……？」

そこにいたのは疑うべくもなく葵さんなのに、それでも疑問の声を漏らしてしまったのは、最後に見た葵さんの姿とあまりにも違っていたから。

伏せがちに虚空を見つめるその瞳は、雨の夜に公園で出会った時と同じ。

目の焦点は合っておらず、生気が感じられないほどに憔悴しきっていて、まるで心が壊れてしまったのではないかと思うほどに瞳は色を失っていた。

葵さんはすぐ傍にいる俺に気づきもしない。

「葵さん」

目の前にしゃがんで葵さんの両肩にそっと触れる。

ゆっくり声を掛けると、葵さんはわずかに顔を上げた。

「…………晃君？」

「ああ。大丈夫？」

葵さんの瞳に徐々に色が戻り始める。

やがて完全に色が戻った瞬間。

「大丈夫じゃない……」

みるみる涙が滲んで頬を伝う。

「……ダメだった」

葵さんは流れる涙を拭いもせずに呟く。

「ダメだったの……もう、どうにもならなかった」

声を震わせながら崩れ落ち、縋りついてくる葵さんの身体をそっと受けとめる。

支えるようにしっかりと抱き締めていると、葵さんの肩が小さく震え出す。次第に震えは激しくなっていき、やがて葵さんは堰を切ったように嗚咽を漏らし始めた。

しばらくの間、古ぼけたアパートの一室に葵さんの声が響く。

その声は、まるで迷子になった小さな子供のような泣き声だった。

俺に涙をとめてあげる術はなく、ただ抱き締め続けることしかできなかった。

*

「ココア、温まるから飲みな」

「……ありがとう」

その後、俺は葵さんを連れて帰宅した。

お互いに積もる話はあるが、まずは心を落ち着かせる必要がある。

そう思った俺は帰宅してすぐにお風呂を準備して葵さんに入ってもらった。

お風呂は心の洗濯とはよく言ったもので、葵さんは上がってくるとだいぶ落ち着きを取り戻しているように見えた。

もしかしたら身体が温まって顔の血色がよくなったからそう見えるだけかもしれないが、それでもアパートで再会した時に比べれば生気が戻っているように見えた。

そしてもう一つ、元気を取り戻すには美味しいものを食べるのが一番。

食欲がないかもしれないから軽めのものを作り、お風呂上がりに夕食を済ませた後、こうしてリビングのソファーに並んで座りながら過ごしていた。

「美味しい……」

葵さんはココアの入ったマグカップを両手で持って口に運ぶ。

一口飲むと、小さく息を漏らしながらそう呟いた。

「葵さん、なにがあったのか教えて欲しい」

「……」

葵さんは迷うように目を伏せる。

この状況ですら迷うのは、それでも俺を巻き込みたくないという優しさからだろう。

俺は葵さんがどう思っていたとしても、もう一人で抱えさせないって決めたんだ。

「俺さ、葵さんが帰ってくる場所を守るだけじゃ嫌なんだ」

「晃君……」

「お母さんのことは、葵さんとお母さんの二人の問題かもしれない。でも、この問題を解決しなければ俺と葵さんが一緒にいられないのなら、それはもう葵さんだけの問題じゃない。俺の問題でもあると思うんだ。だから、俺も葵さんと一緒に頑張りたい」

葵さんは考えるようなそぶりを見せる。

しばらくすると、俺の目を真っ直ぐに見つめて頷いた。

「晃君、ありがとう」

そして葵さんはこの二週間のことを語り始める。

「お母さんね……別の男の人のところへ行っちゃったの」

「え……?」

決していい答えが聞けるとは思っていなかった。

でも、それにしたって最低すぎる結果だった。

「お母さんのところへ帰った初日、お話しようと思ったの。でも、その前にお母さんから養育費を渡して欲しいって言われて。お話をしてから渡すって言ったんだけど聞いてもらえなくて……養育費が振り込まれてる口座のカードを持って家を出て行っちゃったの」

腹の底から湧き上がってくる憤りを奥歯で必死に噛み潰して理性を保つ。

母親がお金目当てなのはわかっていたが、それでも怒りを感じずにはいられない。

「最初の数日は毎日帰ってきたんだけど、すぐに帰ってこなくなって、一週間が過ぎた頃にはほとんど帰ってこなくなった。家にいる時に男の人と電話してたから、たぶんその人のところに行ったんだと思う。何度もお話をしようと思ったんだけど一度も聞いてもらえなくて」

一週間後にはほとんど帰ってこなくなった。

つまり葵さんは、あの部屋で大半の時間一人でいたことになる。

葵さんはどんな気持ちで母親の帰りを待っていたんだろうか？

「連絡ができなくてごめんね。したかったんだけど、この前お母さんが帰ってきた時に晃君と連絡を取ってるのが見つかっちゃって……男と連絡なんて取るなって言われたの」

どの口がほざいてやがる。

自分は男と連絡を取っていたくせに。

「もう、無理なのかな……」

葵さんは消え入りそうな声で呟いた。

きっと葵さん自身、母親と和解することが無理なのはわかっている。

現実を受け入れなければいけないと理解していながら、それでも割り切ることができないんだろう。その理由は言葉にするべくもなく、ただ家族だからという理由から。

家族の絆(きずな)は、得てして美しく尊いものとして描かれる。

それは決して嘘(うそ)じゃないし、事実、家族愛は美しいものだと思う。

ただ、どんなに美しいものも捉(とら)え方次第でその姿を変えるのもまた事実。本来美しく尊いはずの家族という関係は、一度壊れてしまえば呪(のろ)いのように一生付きまとう。

ただ、それだけの話なんだ。

「葵さん、もう——」

もう母親のことを諦めよう——。

そう声を掛けようと思った時だった。

テーブルに置いてあった葵さんのスマホがメッセージを受信する。

画面に表示された文字が目に入り、思わず吐き捨てるように呟く。

「いい加減にしろ……」

湧き上がる怒りで唇が震える——そこには娘の安否を心配する言葉はなく『月初の養育費、お父さんに多めにお願いして』と表示されていた。

目の奥が熱くなり視界が滲んでチカチカする。

感情を抑えようと手を強く握り締めるが、食い込む爪の痛みすら感じない。

葵さんがいない間、ずっと考えていたことがある。

母親の問題を解決するためなら手段は選ばないが、それでも葵さんの意向に沿った決着を付けられるよう、できる限りのことをしようと思っていた。

葵さんが和解を望むなら、たとえ無理だとしても和解できるように俺も力を尽くす。

葵さんが母親を許すなら、俺も母親のしてきたことに目をつむろうと。

でも、もう無理だ。

葵さんがどう思っていたとしても俺は母親を許せない。

「葵さん、俺が葵さんとお母さんが話し合う機会を作るよ」

「え……？」

葵さんは驚いた様子で顔を上げた。

「どうやって？」

「俺に考えがあるんだ。ただ、話し合っても葵さんの望むような結果にはならないかもしれない。いや……今までのことを考えれば、きっと望むような結果にはならないと思う。それでも葵さんが母親と話し合う機会が欲しいなら俺が作る」

葵さんは瞳を閉じて考える。

すぐには返事ができなくて当然だろう。

葵さんはわかっている――望むような結果になったとしても、ならなかったとしても、これが最初で最後の話し合いになる。

この先もう二度と母親と話し合う機会はないんだと。

今はあえて機会を設けず、いつか改めて母親と対峙するのも選択肢の一つだろう。

いつか母親が変わってくれることに期待して結論を先送りするのも一つの手だ。

それでも――。

「……お願い。お母さんとお話する機会を作って欲しい」

葵さんは真剣な瞳で俺を見つめながらそう口にした。

決意に満ちた瞳からは、葵さんの覚悟以上に隠しきれない悲しみが窺える。

「わかった。後のことは任せて欲しい」

葵さんの想いに応えるように返事をしながら思うこと。

もしかしたら俺は残酷なことをしようとしているのかもしれない。

事情を知らない人から見たら、実の娘と母親の仲を引き裂こうとしている酷い男だと思う人もいるだろう。

構うもんか。

葵さんを母親という呪いから解放できるなら、俺はなにを言われても構わない。

——俺は生まれて初めて、人を許すことを諦めた。

*

月を跨いで十一月一日のお昼過ぎ——。

俺と葵さんは、葵さんが母親と住んでいたアパートに足を運んでいた。

ちなみに今日は平日で学校があるが、事情が事情だけにサボらせてもらった。

学園祭を二週間後に控えた状況でサボるなんてクラスのみんなに申し訳ないが、今日だけは瑛士と泉に準備を頼み、葵さんのことを優先させてもらった。

クラスのみんなには上手く説明しておくと言ってくれたんだが……。

なんと、俺が学校をサボるのは葵さんのためだとバカ正直に話してくれやがったらしい。

詳しいことは伏せたとはいえ、さすがに顰蹙を買ってしまうと思ったんだが、俺の心配をよそにクラスメイトは『そういうことならどんどん休め！』と盛り上がっていたらしい。

なんだかノリが泉に似てきたなと思いつつ、みんなには感謝しかない。

でも、みんなに迷惑を掛けるのも今日で終わりにする。

「大丈夫かな……？」

隣にいる葵さんは不安そうな顔で俺を見つめる。

これから起こることを考えれば不安になって当然だろう。

「大丈夫。俺たちに任せてくれればいい」

少しでも葵さんの不安が和らげばと思い、そっと手を握り締める。

「うん……」

葵さんが俺の手を握り返した時だった。

ドアノブを回す音が部屋に響くと同時、ドアがゆっくりと開いた。

「……どういうこと？」

疑念の籠った声が室内に響く。

現れたのは他でもない、葵さんの母親だった。

俺を睨むその瞳には疑いようのない敵意が満ちていた。

「なんであなたがここにいるの？　人の家に勝手に上がってなんの用よ」

「人の家？　娘を見捨てて男の家に入り浸ってる人が自分の家もなにもないでしょう」

失礼は百も承知。

もはや言葉遣いに気を使うつもりもない。

向けられた敵意に倍の敵意をもって投げ返す。

以前とは違う――一歩も引くつもりなんてなかった。

「人の娘を囲っていたと思えば、今度は人の家に無断で侵入？　いい加減、本当に警察のお世話になりたいみたいね」

「できるものならすればいい。その時は、あなたが葵さんにしてきたネグレクトの全てを話します。あなたが警察を呼んでくれるなら自分で呼ぶ手間が省けるだけです」

以前のように脅しが効かないと察したんだろう。

母親は無言で俺を睨み続ける。

「まぁいいわ……ガキの相手をしている暇なんてないの」

母親はそう吐き捨てると、俺を無視して葵さんに向き直った。

「葵、お父さんからなにか連絡が来てるでしょう？」

その表情に余裕はなく焦りの色が満ちていた。

「連絡……なんの？」

「今日振り込まれるはずの養育費が振り込まれてないのよ！」

焦りを越えたヒステリックな声が部屋に響く。

「毎月一日に振り込まれるはずなのに振り込まれてない。葵……あなたがあの人になにか言ったんでしょう？」

「私、知らない……」

「知らないわけないでしょう！　振り込まなくていいとか、もしくはまた振込先を変えさせたとか、葵がお父さんになにか言わない限り振り込まれなくなるはずない！」

母親の剣幕に怯えるように身を竦める葵さん。

俺は一歩前に出て葵さんの代わりに母親と向き合う。

「葵さんのお父さんに振り込みをしないように頼んだのは俺です」

「は……？」

母親は疑念を込めた目で俺を見据える。

「なんであんたが葵の父親と面識があるのよ」

「葵さんのお父さんとは何度かお会いしているので」

「だからって、なんであんたがそんなこと……なにが目的よ」

「あなたと葵さんが話し合う場を設けるためです」

「話し合う？」

　母親は状況が理解できていないらしく俺の言葉を待つ。

　この期に及んでもわかろうとすらしない母親に感情が逆立った。

「ただ、話し合うにしてもあなたが帰ってこなければ話し合いのしようがない。だから葵さんのお父さんにお願いをして振り込みをとめてもらった。振り込まれるはずのお金が振り込まれていなければ、こうして葵さんに事情を聞きに帰ってくると思ったので」

「だるいわね……そこまでして、いったいなにを話し合えって言うのよ」

「二人のこれからについてに決まっているでしょう」

　この母親になにを言っても無駄なのは百も承知。

　それでも俺は、全てを終わらせるために説明を続ける。

「葵さんはあなたともう一度、家族をやり直したかった。だから言われた通りあなたの元へ帰り、言われるままに養育費を渡し……でも、あなたは話し合いを放棄するどころか、また葵さんを見捨てて男のところへ行った。一度だけじゃなく二度も葵さんを裏切った」

　冷静でいようと努めているのに、どうしても話していると感情が乱れてしまう。

　母親以上に俺の方が感情的になっているのかもしれない。

「それでも葵さんは信じようとしたんです。このアパートで一人、いつ帰ってくるかもわからないあなたの帰りを一人で待ち続けた。このアパートを出て行こうと思えばいつでも出て行けたのに、そうしなかった……あなたともう一度、仲の良い親子に戻りたかったから」

「ふんっ……」

すると母親は小さく鼻で笑った。

「なにがおかしいんですか？」

奥歯を嚙み締める音が頭の中に響く。

「家族をやり直したい？　別にやり直す必要もなく家族は家族でしょう？」

母親は当然のように言い放った。

「ただ、家族といえど他人なだけ。私がどう生きようと勝手だし、葵がどう生きようと勝手。どうせあと数年もしたら一人で生きていかなくちゃいけないんだから、今さら親と子だからって頼られても面倒なのよ。義務教育は終わったんだから、あとは自己責任よ」

前と言っていることが違いすぎて、怒りを越えて目眩を覚える。

最初に葵さんの前に現れた時は『家族二人で力を合わせて暮らしていきましょう』と言っていたのに、新しい男ができたら手のひらを返したように葵さんを邪魔者扱いする。

いや、今さらまともな言い分なんて求めるだけ無駄だろう。

この人はお金と男以外に興味はなく、まともな思考は持ち合わせていないんだから。

ただ……家族といえど他人というのは、あながち間違いとはいえないのかもしれない。

こんな時、いつも瑛士が言っていた言葉が頭をよぎる。


――言葉にせずにお互いを理解するのは不可能。家族ですらお互いのことをわからないのだから、ましてや他人で、しかも異性である恋人に察して欲しいなんて無理な話。


初めて葵さんと一緒にいるところを瑛士と泉に見られた時に言われた言葉。

ようやくこの言葉の意味を正しく理解できたような気がする。

つまりこの言葉は、きちんと対話をしてお互いを想い合えれば、家族であろうと他人であろうと、恋人であろうと、関係性に拘わらず理解し合えるということを意味している。

逆にいえば、家族であろうと理解し合えなければ他人以上に他人なんだ。

対話を放棄した今、母親にとって葵さんは他人と変わらないんだろう。

だとしたら――。

「家族を他人と言うのなら、他人のあなたが葵さんの養育費を貰う権利はない」

「それとこれとは話が別よ。家族といえど他人というのは一個人としてという意味で、やり直す必要もなく家族は家族とも言ったでしょう？　私が葵の親権者である以上、養育費は葵だけじゃなくて私も貰う権利があるのよ！」

そんなもの、ただの屁理屈じゃないか。

「なにが家族だ……都合のいいことばかり言って。家族とはいえ他人だが、親権者だから養育費をよこせ？　金目当てのくせに家族を盾に権利ばかり主張しやがって……」

思うと同時、感情が炸裂した。

「もういい——もうあんたが家族を語るな！」

俺は葵さんの前に立って母親と対峙する。

前に葵さんが俺を守ろうとそうしてくれたように。

「好きに吠えればいいわ。ガキが吠えたところで、私が親権者である事実は変わらない！」

母親が勝ち誇ったように声を上げた時だった。

「はたして本当にそうかな？」

アパートに響く男性の声。

驚きのあまり声を失くす葵さんの視線の先。

母親が振り返ると、そこには葵さんの父親の姿があった。

「こうして三人が揃うのは九年ぶりだね……」

父親は二人を見つめながら呟いた。

「どうしてあなたがここに……？」

「晃君に状況を教えてもらっていたからね」

俺が葵さんの父親と繋がっているのは先ほど話した通り。

俺がこの場に呼んだことすら想像がつかないほどに母親は動揺しているんだろう。

「……き、来てくれて手間が省けたわ。早く養育費を払ってちょうだい！」

「今後、君に養育費を渡すつもりはない」

「はぁ？」

父親が一蹴すると、母親は怒りに表情を歪ませた。

「どういうことよ！　私は葵の親権者、あなたは養育費を払う義務があるはずよ！」

「それについてだが」

すると父親は一枚の名刺を母親に差し出した。

「……なによこれ」

「私がお世話になっている弁護士の名刺だ」

「弁護士？」

「葵の親権を君から取り戻すために協力を依頼した」

「え……？」

母親は驚きと困惑に顔を歪める。

そう――これが、俺が葵さんのためにできることを考えて辿り着いた答え。

俺は葵さんの父親と茶房花月で話した時のことを思い出す。

＊

飲み物を注文した後、俺は父親に話を切り出した。

「お父さんにお願いしたいことがあります」

「なんだい？」

「葵さんの親権を、母親から取り返してください」

「親権を……？」

さすがに予想外の一言だったんだろう。

父親は驚きのあまり一瞬言葉を失くした。

「それが葵さんを解放する唯一の方法だと思います」

「だが……親権を取り戻すのは容易なことじゃない」

「わかっています。ご両親が離婚をされた時、お父さんは親権を取れなかったと前に言ってい
ましたよね？ 確かに親権問題は母親が有利なのかもしれません。ですが、葵さんの母親がし
ていることは育児放棄、娘に対するネグレクトです」

「確かに、今の状況を証明できるなら不可能ではないか……」

「証明ならできます。葵さん自身の証言で足りなければ、葵さんのアルバイト先の店長が、葵

さんが家計を助けるために学校を休んでまでアルバイトをしていたことを証言してくれます。もちろん俺や、葵さんの事情を知る友人も協力します」

父親は口元に手を当て思考を巡らせる。

「たぶん……これ以外に葵さんの未来を守る方法はないと思います」

「なるほどね……」

俺には親権を取り戻すのがどれだけ大変か、また金銭的な負担についてもわからない。

でも、葵さんの未来のためには父親が親権を持つのが一番だと思う。少なくとも母親が親権を持っている限り葵さんは解放されない。

「お父さんのご負担が大きいのは百も承知です。ですが葵さんのために力を貸してください」

本来親子を守るはずの権利が、今は親子を縛る呪いになっている。

俺はなんとしてもその呪いから葵さんを解放してあげたい。

それができるのは父親しかいないんだ。

「俺にできることがあれば、言葉の通りなんでもしますから」

全てを伝えた今、俺にできるのは頭を下げ続けることだけ。

個室が静寂に包まれる中、店員さんがお茶を運んできてくれた。

俺と父親に差し出し、店員さんが部屋を後にした直後——。

「晃君、どうか顔を上げて欲しい」

　父親に促されて顔を上げる。

「葵のためならなんでもするという言葉は本来、父親である私が言うべき言葉なんだろうね。私は父親として至らない点ばかりかもしれないが、それでも気持ちは晃君と同じだよ。葵のためにできることがあるなら協力は惜しまない」

「じゃあ――」

「晃君の言う通り、今の状況を変える最善の方法だと思う。葵の将来のことを思えば遅かれ早かれ考えるべき問題で、そして考えるべき時は、きっと今なんだと思う」

　父親は抹茶を一口飲んでから穏やかに目元を緩めた。

「葵のことを真剣に考えてくれてありがとう。改めて、葵の傍にいてくれたのが晃君で本当によかったと思う。私も葵も晃君には感謝してもしきれないな」

「いえ、そんなこと」

「後のことは私に任せて欲しい」

「はい……よろしくお願いします」

　これがあの日、俺と父親が茶房花月で交わした約束。

　父親は葵さんの親権を取り戻すと決意して今日に至る。

*

「冗談じゃないわ！　葵の親権は渡さない！」

父親が葵さんの親権を取り戻す意思を伝えると、母親は感情的に声を荒げた。

「渡すか渡さないかはお互いに弁護士を通し、然（しか）るべき場所で然るべき判断を仰（あお）ごう」

「なに勝手に話を進めてるのよ！　九年間も離れ離れだった父親が今さら親権を主張しないで！　葵を育ててきたのは私、あなたは黙って養育費を払っていればいいのよ！」

母親は意地でも渡さないと訴える。

「確かに君の言う通り今さらだ」

父親の口調から後悔の念が滲む。

「葵を九年間育ててくれたことには心から感謝をしているし、葵を九年間も放っておいた私に父親としての資格がないと言われれば、確かにその通りかもしれない……」

それでも瞳には揺るがない意志が見て取れた。

「だが、娘が学校を休んでまでアルバイトをしなければならないような状況に追い込み、男を理由に二度も見捨てるような母親よりも、葵のことを愛している自負はある」

「くっ……」

毅然（きぜん）とした態度を見せる父親に母親は返す言葉を失った。

「とはいえ、これは私と晃君が話し合って決めたこと。葵がそれを望まなければ話は別だ」

そう、これは全て俺が考え、父親の同意のもとに決めたこと。

そこに葵さんの意思はなく、葵さんにとって全て初耳のこと。

「葵さん」

俺は葵さんと改めて向き直り、その瞳を真っ直ぐに見つめる。

「今お父さんが言ったように、これは全部俺たちが勝手に決めたことだ。一番大切なのは葵さん自身の気持ちだから、葵さんが望むならこの話は無しにできる。どうするかは葵さん次第……お母さんと話をするなら今しかない」

そして葵さんの選択次第では、最初で最後の機会になる。

葵さんは胸に手を当てて息を呑んだ。

「葵……」

母親はもう後がないと察したんだろう。

それまでの高圧的な態度から一転、葵さんに縋るような声を掛ける。

「葵はお父さんじゃなくてお母さんを選んでくれるわよね？　もう葵を一人にしないって約束するから、これからも一緒に頑張りましょう？　たった二人の家族じゃない……ね？」

その言葉は親としての愛情故に溢れた言葉ではなくお金のため。

そうわかっている以上、葵さんの心に響くはずもなかった。

「お母さん……」

葵さんは母親を真っ直ぐに見つめる。

「私はもう、お母さんとは一緒にいられない」

今にも泣きそうな瞳だが、迷いはなかった。

「お母さんのことは今でも大切。でもね……きっと私たちは一緒にいちゃだめなんだと思う。これからはお互いに、自分の幸せのため別々に生きていく方がいいと思う」

「葵……そんなこと言わないで」

「今までありがとう。一緒にいてあげられなくて、ごめんね。もう会えなくても、それでも私にとってたった一人のお母さんだから……お母さんのこと、ずっと大好きだよ」

葵さんは憑き物が落ちたような笑顔で別れを告げる。

母親もその顔を見て、もうなにを言ってもダメだと理解したんだろう。

俯き肩を落とし、言葉もなくその場にへたり込んだ。

こうして九年ぶりの家族の再会は終わったのだった。

アパートを後にした俺たちは、父親が車をとめている駐車場に移動していた。

「後のことは私に任せて欲しい。話に進展があったら連絡するよ」

「はい。お手数をお掛けしますが、よろしくお願いします」

父親は力強く頷いてから葵さんと向き合う。

「お父さん、ありがとう」

「お礼なんていいさ。葵の力になれたならそれでいい」

「それと、お母さんのことなんだけど……」

「わかってるよ。必要以上に追い込むようなことはしないさ」

葵さんは安心した様子で頷いた。

「じゃあ、私はこの辺で失礼する」

「うん。ありがとう」

車に乗って去っていく父親を見送る。

車が見えなくなった後も、俺たちはしばらくその場に立ち尽くしていた。

＊

その後、帰宅した俺たちは夜までゆっくり過ごすことにした。

ここ最近、俺はもちろん、俺以上に葵さんは色々ありすぎた。

明日からまた学園祭の準備があることを考えれば今日くらいはゆっくりさせてあげたい。

なにより母親と決別した葵さんの心境を考えれば、そうしてあげるべきだと思った。

葵さん自身、ずっと気を張り続けて疲れていたんだろう。

ソファーに座って一息つくと、緊張の糸が切れたように眠りについた。

「お疲れさま……」

俺は傍に置いてあったブランケットを葵さんにそっと掛ける。

こうして葵さんの穏やかな寝顔を目にするのは二度目。一度目は葵さんがうちに来た翌日の朝、なかなか起きてこない葵さんを心配して部屋に様子を見に行った時だった。

気が付けば、あれからもう五ヶ月も経ったのか。

今度こそ——本当に今度こそ、葵さんを取り巻く全ての問題が解決した。

ここに至るまで瑛士と泉はもちろん、父親やアルバイト先の店長、今回でいえばクラスのみんなの協力もあって、ようやく葵さんの未来を妨げる障害を払うことができた。

みんなには感謝している。

でも、一番頑張ったのは葵さんだ。

自分の境遇に絶望した時もあったはず。

悲しみに暮れ夜も眠れない日もあったはず。

それでも諦めず、変わろうと努力をして、そんな葵さん自身の努力を見てきた周りの人たちが手を差し伸べただけにすぎない。

そう思うと感慨深い気持ちになると同時、ふと思うことがある。

いや……それは今さらか。

ここ最近、ずっと心の中で思い続けていたこと。

――もしかしたら、もう俺の役目は終わったのかもしれない。


「……」

気が付けば無意識に葵さんの頭をそっと撫でていた。

喜びと達成感と安堵と、わずかに後ろ髪を引かれるような寂しさと……怒り以外の全ての感情をごちゃ混ぜにしたような、極めて複雑な気持ちを飲み込んで自分に言い聞かせる。

これが望んだ結果であり、葵さんにとってのベストじゃないか。

この五ヶ月間は、そのためにあったんだから。

「ん……」

葵さんは頭を撫でられているせいか、くすぐったそうに甘い声を漏らした。

もう少しこの寝顔を眺めていたいが我慢して立ち上がる。

「よし……夕食の準備をするか」

俺は気持ちを切り替えてキッチンへ向かう。

葵さんが起きる前に夕食を作り終えようと、食材を冷蔵庫から取り出して料理を始めた。

いつもなら今日のおかずはどうしようかと、冷蔵庫の中を眺めながら頭を悩ませたりするんだが、今日に限っては作るものが決まっているから悩む必要はない。

全てが終わった後、最初の夕食はこれにしようと決めていた。

キッチンに立ってから一時間後――。

夕食の支度（したく）が整いテーブルに並べている時だった。

「……いい匂（にお）い」

匂いに誘われるように葵さんが目を覚ました。

葵さんは眠そうに目をこすりながらソファーからこちらに顔を向ける。

「ちょうど夕食ができたところ。起きてすぐだし、もう少し後にする？」

すると葵さんは、尋ねるように自分のお腹（なか）をさすりながら見つめる。

「ううん。大丈夫。お腹空いてるみたい」

「了解。あとはご飯をよそうだけだから」

二人分のご飯をよそってテーブルに戻り、一つを葵さんの席に置く。

葵さんは寝ぼけ眼（まなこ）のままやってくると、並んでいる料理を見て驚いた表情を浮かべた。

「晃君、これ……」

「約束したろ？　ハンバーグを作って待ってるって」

それは母親と再会した日、葵さんにリクエストされていたもの。

葵さんと同居を始めてすぐ、一緒にショッピングモールに買い物に行った日の夜。葵さんの帰りを待ちながら初めて作り、その後も何度か作った俺のオリジナルハンバーグ。

葵さんが母親の元へ行く前日に約束した通り作ってみた。

「ありがとう……嬉しい」

葵さんはいつもと変わらない笑顔を浮かべる。

その笑顔を見たのは、ずいぶん久しぶりのように感じた。

「さぁ、食べよう」

「うん。いただきます」

「いただきます」

お互いに手を合わせてから箸(はし)を手に食事を始める。

葵さんはハンバーグを小さく切り取って口に運ぶと、口元に手を当てて小さく頷いた。

「美味しい。どうしてだろう……すごく懐かしく感じる」

葵さんは幸せそうに穏やかな笑みを浮かべる。

前回作ってあげたのはそんなに前のことじゃない。

それでも葵さんが懐かしさを感じるのだとしたら、それはきっと短期間に色々あったからと、離れ離れだった二週間がお互いにとってあまりにも長く感じられたからだと思う。

こうしてまた笑顔が見られただけで作ってよかったと思う。

「いつもと同じように作ったけど、味が違ったりしないかな？」

「ううん。同じだよ……ほっとする味」

「それならよかった」

俺たちは歓談をしながら箸を進める。

ようやくいつもの日常を取り戻せた気がした。


そして食事を終えお風呂も済ませた後――。

俺たちはソファーに並んで座り、テレビの音をBGM代わりにのんびり過ごしていた。

ふと時計の針に目を向けると二十二時を少し回ったところ。

夕食を終えて時間も経ったし、そろそろいい頃合い(ころあ)だろう。

「葵さん、実は食後のデザートも用意してあるんだ」

「デザート？」

葵さんはいつものように可愛(かわい)らしく首を傾げる。

「ちょっと待ってて」

俺はソファーから立ち上がってキッチンへ向かい、冷蔵庫からそれを二つ取り出す。

スプーンと一緒に持ってリビングに戻り、一つを葵さんに差し出した。

「え……これ……」

葵さんは驚きのあまり目を大きく開けたまま固まる。

一目見て、それがなにかすぐにわかったんだろう。

「小さい頃、お父さんが買ってきてくれてたプリン……」

そう——葵さんに渡したのは、葵さんの父親と会った茶房花月のプリン。

まだ葵さんの家族が一緒だった頃、家族三人で食べた思い出のプリンだった。

「どうしてこれを……」

「実はお父さんに母親の件を相談した場所が、葵さんと一緒に行くはずだった茶房花月だったんだ。そこでお父さんから、葵さんに買って帰っていたプリンが茶房花月のだったって教えてもらってさ。せっかくだから買っておいたんだ」

「そうだったんだ……」

葵さんはガラス瓶(びん)の蓋(ふた)を開けてスプーンでプリンをすくい取る。

ゆっくりと口に運ぶと、味わうように頷きながら目を閉じた。

俺も隣に腰を掛けてプリンを食べる。

しばらく無言でプリンを食べていた時だった。

「――？」

不意に隣から小さく鼻をすする音が聞こえた。

視線を向けると、葵さんはプリンを手にしたまま泣いていた。

いや――これは泣いているというべきだろうか？

もし涙を流す行為の全てを泣くと表現するのなら確かに泣いている。だけど表情を崩さず、感情を漏らさず、言葉を口にすることもなく、ただ涙だけが瞳から溢れて頬を伝う。

葵さんを迎えにアパートに行った時とは違う。

あの時のような抑えられない感情を吐き出すような慟哭(どうこく)ではなく、どこか自分の気持ちを律するような、想いを整理するような……でも、それでも漏れてしまった感情の形。

もしかしたら、遠い家族の思い出に別れを告げているのかもしれない。

本心は葵さんにしかわからないけど、そんなふうに思った。

「美味しいね……」

「ああ」

もう親子三人でプリンを食べることは叶(かな)わないんだろう。

でもせめて、いつか葵さんと父親の二人だけでも一緒に思い出を語りながらプリンを食べる日が来ればいいと、そう願わずにはいられない。

「……葵さん、どうかした？」

葵さんはプリンを食べ終えてもずっと容器の中を見つめていた。

「もう一個食べる？」

物足りないのかと思ってそう声を掛けると。

「ううん。違うの。あ、もう一個は食べたいんだけどね、これ――」

なにか閃（ひらめ）いたように訴える葵さんの顔を見て、すぐに言わんとしていることを察した。

どうやら葵さんも考えていることは一緒らしい。

「実は俺も、同じことを考えていたんだ」

俺は葵さんに思い出の味を楽しんでもらうためだけにプリンを買ってきたわけじゃない。

もう一つ、俺たちにとって大切な意思決定をするために買ってきたんだ。

いつか葵さんと父親の二人だけでも一緒に思い出を語りながらプリンを食べる日が来ればいい――その願いは、思いのほか早く叶うのかもしれない。

第七話　そして準備に明け暮れる

　翌日、学校に登校して朝のホームルームが始まる前のこと——。

　俺と葵さんは教壇に立ち、クラスメイトの視線を一身に集めていた。

　葵さんが学校に来たのは二週間ぶりのことで、みんなも葵さんに聞きたいことは山ほどあるだろうに、こうして騒ぐことなく俺たちが話し出すのを待ってくれている。

　さすがに葵さんが登校してきた時はみんなが驚いていたけど。

「あの……」

　葵さんは緊張した様子で言葉を詰まらせる。

　それも仕方がない。

　今でこそ葵さんはクラスのみんなと打ち解けているけれど、ほんの数ヶ月前まで、金髪ギャル姿の頃は誰にも話しかけることができずに孤立していたほどの人見知り。

　本来なら決して人前に立って話ができるような人じゃない。

　みんなもそれをわかっているから、こんなかしこまった場は求めていないはず。

　それでも葵さんは自分の言葉でみんなに話をすると決めた。

葵さんは胸に手を当てて深呼吸をすると。

「みんな、ごめんなさい」

小さい声だけど、はっきりと言葉にした。

「実行委員を引き受けたのに、二週間もお休みしちゃって……みんなにたくさん迷惑を掛けたと思う。今日から迷惑を掛けた分も一生懸命頑張るから、許してください」

深々と頭を下げる葵さん。

その姿を、みんな思い思いの面持ちで見つめていた。

「大丈夫だよ、葵さん」

優しく声を掛けたのは一人の女子だった。

「みんな葵さんが頑張ってくれていたのは知ってる。放課後だけじゃなくて、学校がお休みの日もメニューを決めるためにお店回りしてくれてたことも知ってる。私たちの見えないところで頑張ってくれてたんだもん。謝ることなんてないよ」

優しさに溢れた言葉に、葵さんは堪えるように唇を噛む。

「そうそう。むしろもう少し休んでくれてもよかったくらいさ」

「無理しないで、また必要ならいつでも俺たちを頼ってくれよ」

すると他のクラスメイトも次々と葵さんに励ましや労いの言葉を掛け始める。

教室に優しい声が響き渡る度に、葵さんの表情が崩れていく。次第に漏れ出す感情を抑えることなんてできるはずもなく、葵さんの感謝の想いが涙となって溢れた。

「葵さん」

隣に立っていた俺はハンカチをそっと差し出す。

「……ありがとう」

葵さんは涙を流しながら、でも笑顔で受け取る。

最近は葵さんの涙を目にすることが多かったが、涙は決して悲しいものだけじゃないはずだ。

嬉しくて流す涙の美しさを、初めて知ったような気がした。

＊

こうして葵さんが学園祭の準備に復帰し、残すところ二週間弱――。

まさにラストスパートだが、ここらで一度、各チームの進捗を確認しておきたい。

まず泉が率いる衣装チームについて。

おそらく制作コストが一番高いと思われるチームで心配していたが、進捗は順調。

和服をアレンジした衣装は現状で五着ほど完成しているらしい。

「当日は八人一組でローテーションを回すから、あと三着作れば終わりだね♪」

「三着？　女子みんなの分を作るんじゃないのか？」

「そんなの無理に決まってるじゃん。さすがに着回しだよ」

「着回し？　だったらなんで葵さんのサイズを俺に測らせたんだ？」

「え？」

「いやいや『え？』じゃなくてさ」

なにも葵さんの身体ジャストサイズに作る必要なんてない。

むしろ余裕を持って誰でも着られるサイズにしないと不便だろうと思ったところ。

「あ、あー……確かに言われてみればそうだねぇ」

泉は露骨に視線を泳がせながらあっち向いてホイ。

「おまえ、まさか……」

わざとか！　いや、絶対わざとだろ！

その節は素敵な思い出を作らせていただいてありがとうございました！

「それは感謝して……じゃなくて別にいいとして、一つ聞きたいことがあるんだが――」

すると泉はクラスメイトに呼ばれ、逃げるように行ってしまった。

後から泉になんの話だったか聞かれたが、忘れてしまって聞きそびれた。結構大切な話だったような気がするんだが……いくら頭を捻っても思い出せなかった。

タイミングを失うとずっと思い出せないことってあるよな。

それはさておき、次に瑛士に任せている道具制作チーム。

当日使うテーブルや椅子はすでに手配済みで、食器なんかも泉の家から持ち込み済み。今は内装をどうするか打ち合わせ中らしく、決まり次第必要な物を買い出しに行く予定らしい。

「内装のイメージはどんな感じなんだ？」

「ネットで見た茶房の内装を参考にしようと思ってる。一言で言うなら和レトロな感じかな」

「衣装が着物というか大正ロマン的な感じらしいから、確かにその方が合うだろうな」

とはいえ金髪ギャル要素があるから純和風ってわけにもいかないんだろうけど、その辺りは泉が描いているイメージをヒアリングしながら進めると言っていた。

うん。俺はセンスに自信がないから瑛士に託した。

そして俺と葵さんが担当している接客指導について。

これは来週の前半に俺が男子、葵さんが女子に教える時間を取った。

気が付けば俺もずいぶん接客に慣れたもので、最初はお客さん相手に笑顔を浮かべることに抵抗を覚えていたが、今ではそれなりに楽しんでいる自分がいるから驚きだ。

俺でも接客できるんだから、クラスのみんなも大丈夫だろう。

そしてメインとなるプレートメニューに載せるお茶菓子作り。

あまり早く作っても日持ちしないため、学校の調理実習室を前日と前々日に借りた。

決まっている四種類のお菓子を作るため、料理やお菓子作りの得意な人に手伝ってもらって作ることに。とりあえず来週の前半に材料の買い出しに行くことになっている。

日和に教えてもらった作り方を瑛士と泉がみんなに共有済み。

俺と葵さんも参加する予定で抜かりなし。


そんな感じで準備の日々は過ぎ、当日を明日に控えた金曜日の夕方――。


「できたー!」

「なんとか間に合ったな」

調理実習室の机に並べられているお茶菓子を前に、泉の元気すぎる声が響いた。

学園祭の前々日から準備のため授業はなく、各チーム最後の準備を進める中、俺と葵さんと泉は昨日からメンバーを引き連れて調理実習室に籠ること丸二日。

なんとか和風金髪ギャル喫茶で出すプレートメニュー用のお茶菓子を作り終えた。

アルバイト先の喫茶店から借りた桜柄の四角いプレートに並べられた四種類のお茶菓子。緑茶羊羹と栗羊羹のセットに抹茶饅頭、抹茶のティラミスに抹茶とバニラのアイス。

個々の量は少ないものの、抹茶との相性もよく色々な味を楽しめる欲張りセット。

作った数は二日で二百食分。

こうしてテーブルに並べられているのを見るとさすがに壮観。

みんなも同じ気持ちのようで、満足そうにお茶菓子を眺めていた。

「よし、みんなで試食してみよう」

「そうだね！」

泉を先頭に女子たちがキャッキャしながら好きな物を手に取る。

「葵さんはどれにする？」

「どうしよう。迷っちゃうね」

「晃君、全部食べちゃだめー？」

泉が贅沢なことを言ってくれやがる。

「気持ち的にはいいぞって言ってやりたいが、余計に試食した分を今から作り直す時間もなければ材料もない。悪いけど試食用に作った中からみんなでシェアしてくれ」

「了解！　じゃあわたしは羊羹を……ん～美味しい♪」

「泉さん、ティラミスも美味しいよ」

「本当？　どれどれ……うん。これは大人な味ですなぁ」

葵さんや泉だけではなく、みんな好きなお茶菓子を口に楽しそうに歓談している姿を見ていると感慨深い気持ちになるが、達成感を覚えるにはまだ早い。

「あとは俺と泉と葵さんで冷蔵庫にしまっておくから、試食した人から帰ってくれ」

なんだかんだ下校時間が迫っている。

一通り試食を終えた後、そう声を掛けて手の空いた人には帰宅してもらった。

みんなが調理実習室を後にすると、入れ違いに教室の準備をしていた瑛士がやってくる。

「みんな、お疲れさま」

「そっちの様子はどうだ？」

「無事に終わったよ。あとは明日の朝に軽く準備をするだけさ」

「それならよかった。こっちもお茶菓子を冷蔵庫にしまったら終わりだ」

「僕も手伝うよ」

こうしていつもの四人でお茶菓子を冷蔵庫にしまう。

しばらくしてしまい終え、鞄を取りに教室に戻り目を見張った。

「おお……すごいな」

「素敵……」

思わず俺と葵さんは感嘆の声を漏らした。

教室内には木製のテーブルと椅子が並べられ、テーブルクロスは麻製の緑色と茶色のツートンカラーのものを使用。テーブルの中央には細めの花瓶に数種類の花が生けられていた。

葵さんと足を運んだ茶房でよく見た店内のコントラスト。

色鮮やかながら落ち着きのある空間が広がっていた。

「さすが瑛士。完璧だな」

「ありがとう。ほとんどネットで調べたお店を参考にしただけなんだけどね」

「いやいや。参考にしても再現できるかどうかは別の話だから素直にすごいだろ」

その辺りは生まれ持ったセンスなんだろうな。

顔も頭も性格もいい上にセンスまでいいとか、神は瑛士に色々与えすぎだと思う。前世でどれだけ徳を積んだら瑛士みたいなハイスペック男子に生まれ変われるんだよ。

マジで少し分けて欲しい。

「バックヤードも見てみてよ」

教室の三分の一ほどがテーブルクロスと同じツートンカラーのカーテンで仕切られているのを見る限り、その奥がバックヤードになっているんだろう。

瑛士に促されてカーテンを開けると、きれいに整理整頓された作業場が広がっていた。

人がすれ違えるだけのスペースが確保され、お茶を淹れる場所とプレートメニューを作る場所が並んで確保してあり、実際に作業をする人のことを配慮した作りになっている。

その中でひときわ目に付いたのが、足元にある横長の冷蔵庫だった。

「瑛士、こんなでかい冷蔵庫どうしたんだ？」

どう見たって業務用だろこれ。

「実は二人のアルバイト先の店長が届けてくれたんだよ」

「店長が？」

そんな話は一言も聞いてないぞ。

「喫茶店をやるならバックヤードにあった方がいいだろうって。元々はクーラーボックスと保冷剤を用意して飲み物やお茶菓子を保存しておく予定だったんだけど、これならかなりの量を置いておける。補充のために調理実習室を往復する回数も少なくて済むだろうね」

ありがたい……。

葵さんが母親の元へ帰っていた二週間、葵さんはアルバイトを休んでいた。

店長には家庭の事情だとは話さなかったが、なにかしらの問題が起きたと気づいていたに違いない。これはきっと、店長が考えてくれた俺たちへの協力の形なんだろう。

葵さんのために力を貸してくれる人はクラスのみんなだけじゃなかった。

「葵さん、店長を学園祭に招待できないかな？」

「うん。私たちが作ったお茶菓子を食べて欲しい。後で連絡してみるね」

一通り確認を終えた俺たちは帰り支度（じたく）を済ませて教室を後にする。

帰路に就きながら、俺は瑛士と泉に話をしようとタイミングを窺（うかが）っていた。

なぜなら、二人に話しておきたい大切なことがあったから。

「そう言えばさ、結局プレートメニューの五種類目、決まらなかったね」

泉が少しだけ残念そうに口にした。

そう、俺が話したかったのはまさにその話題。

「実はその件で二人に話しておきたいことがあるんだ」

「五種類目のお茶菓子のことで？」

「ああ。実は葵さんと相談して五種類目は決めてあるんだ」

「えー！　それなら言ってくれればよかったのに！」

泉はなんでなんでと俺に詰め寄ってくる。

「なにか理由があるんだろう？」

すると瑛士は泉をなだめながら尋ねてきた。

「なにを作るかは葵さんが帰ってきてすぐに決めた。日和に作り方を教えてもらおうと思ったんだけど、日和も学校があるし休みの日も都合がつかなくて、事前に教えてもらうことができなかった。急な話なんだがこの後、日和が教えに来てくれることになってるんだ」

「今から晃君の家で作るってこと？」

「ああ」

あまりにも寝耳に水のことで、瑛士も泉も驚いていた。

特に泉はついさっきまでお茶菓子を作っていて大変さがわかっているからだろう。

驚きのあまり浮かべている表情に、一抹の不安のような感情が交じっていた。

「前日まで二人に黙ってたのは、話したら一緒に作るって言うと思ったから。二人には俺と葵さんのことでたくさん頑張ってもらったから、今度は俺たちが頑張る番だと思ってさ」

二人にこれ以上の負担は掛けられない。

葵さんも俺の隣で力強く頷いていた。

「ただまぁ、明日いきなり学校に持っていったら驚くだろうから、前もって二人には話しておこうと思ってさ。そんなわけだから期待して待っててくれよ」

俺としては二人の恩に報いるくらいのつもりで言ったんだが。

「晃君さぁ……」

泉はかつて見たことがないほどに不満そうな顔で俺を睨んだ。

不満そうというよりも、見方によっては呆れているように見えなくもない。

「いい加減、そういう無意味な格好の付け方やめなよ」

「いや、別に格好を付けてるつもりはないんだが……」

「そうだね。それについては僕も同意かな」

「えぇぇ……」

泉どころか瑛士までやれやれといった感じで肩を竦める。

「他の人たちにはそういう気の使い方も大事だけど、もうわたしたちの間ではやめようよ。迷惑を掛けるとか、助けてもらうとか恩を返さなくちゃとか、そんなこと思わなくていい。少なくともわたしは二人にそんなふうに気を使われると悲しいよ」

　いつも元気な泉が真剣に語る。

　だから余計に堪(こた)えた。

「晃は変に義理堅いところがあるし、義理堅さ故に男らしいところもある。親しき中にも礼儀ありって言葉があるように、僕らにすら気を使うのは感謝の想いの表れなんだろうね。もちろん、それが晃の良いところなのも理解しているよ。でもね——」

　瑛士は丁寧に言葉を紡(つむ)ぎ続ける。

「晃には、気を使わないという気の使い方をして欲しい」

「気を使わない、気の使い方……」

　その言葉は思いのほか胸に響いた。

「僕らはきっと、死ぬまで誰かに気を使い続けるんだろうね。それは悲観的に語ることではなくて、社会で生きていく上で当然のこと。でもきっと、それと同じくらい当然のこととして、気を使わずに一緒にいられる相手もいると思う。もしかしたらそんな相手とは一生のうち数人しか出会えないのかもしれない。僕はね、この四人がそうなんだと思ってる」

「瑛士……」

「親しき仲にも礼儀は必要なのかもしれないけど、心から親しき仲には礼儀は不要。人と人は基本的にわかり合えないのは僕の持論だけど、奇跡的にわかり合えた相手との関係を人は『親友』と呼ぶんだと思う。僕も泉も四人の関係をそう呼びたいと思っているよ」

瑛士と泉の言葉の意味を、きちんと受け取らないといけないと思った。

泉が真剣な目をして言ったからだけじゃない。普段から物事を客観的に見ている瑛士が、珍しく自分の想いを乗せて語ることの意味を考えなければいけない。

きっとそれは、俺と葵さんにとって喜んでいいことのはずだ。

なにより俺は、とっくにみんなのことを親友だと思っている。

「…………」

天を仰いで深呼吸をしてから葵さんと視線を交わす。

すると葵さんは笑顔でゆっくりと頷いた。

俺がなにを言いたいのか察してくれたんだろう。

「ありがとうな……二人とも」

なんだか最近、俺も葵さんもお礼の言葉を言ってばかりだ。

でもそれは、そんなに悪いことじゃない。

「二人には悪いが、瑛士の言う通り気を使ったり格好つけたりするのが俺の性分らしい。だから二人の言うように気を使わないようにするのは、すぐには難しいと思う。でも――」

そう、でもだ――。

「また俺がくだらない気の使い方をした時は、今みたいに文句の一つも言ってくれ」

さすがに恥ずかしくて瑛士みたいにストレートに気持ちを言葉にできない。

二人はそんな俺の遠回しな言葉すら理解してくれたらしい。

「その時はいつも通り、小言の百や二百は言わせてもらうから♪」

泉は悪戯っぽい笑みを浮かべて茶々を入れてくる。

小言の桁が二つ違うだろうがとは言わないでおいた。

「それで、最後のプレートメニューはなににするの？」

「茶房花月の抹茶プリンにしようと思ってる」

「花月の抹茶プリン？」

リアクションを見る限り泉は知っているんだろう。

「確かに美味しいけど、なんでそれにしたの？」

「茶房花月の抹茶プリンは、葵さんにとって思い出のプリンなんだ」

それから俺は、葵さんと一緒に選んだ理由を二人に伝える。


葵さんが幼い頃、父親がよく茶房花月の抹茶プリンを買ってきてくれたこと。

家族三人で一緒にプリンを食べるのが楽しみだったこと。

葵さん自身、そのプリンがどこのお店のものかは忘れていたが、俺が葵さんの父親に葵さんのことを相談した際、ふとしたことから茶房花月の抹茶プリンだと教えてもらったこと。

もちろん、茶房花月の味を完全に再現できないかもしれないことはわかっている。

それでも、自分たちで作って葵さんと父親に昔のように一緒に食べてもらいたい。

そのために葵さんの父親をすでに招待済みだということも伝えた。


「わざわざ自分たちで作らなくても、茶房花月で買って一緒に食べればいいと思うかもしれない。でも、なんていうかな……自分たちで作ることに意味があるような気がするんだ」

理解してもらえないかもしれないし、自己満足だと思われるかもしれない。

でも、学園祭がなかったら茶房巡りをすることはなく、葵さんの前に母親が現れなかったら父親と一緒に茶房花月に足を運ぶことはなく、二度と知る機会はなかったかもしれない。

そう思うと、手作りの抹茶プリンを父親に食べてもらうことに意味があると思えた。

「徹夜とまではいかないが夜遅くまでかかると思う。二人も手伝ってくれ」

全てを説明してから二人に頼む。

「わかった。一度帰って泊まりの準備をしてから晃の家に行くよ」

「ありがとう。泉は……えぇ？」

泉も来てくれるだろうと期待して視線を向けると、泉はぼろ泣きしていた。

あまりにもガチすぎてちょっと引くレベル。

ふと、初めて葵さんとショッピングモールに行った時のことを思い出す。葵さんと一緒にいるところを二人に見られて事情を説明した際、今みたいにぼろ泣きしていたっけ。

いつも思うが、マジでいい奴すぎるだろ。

泉はなんかもう我慢できないといった感じで葵さんを抱き締めた。

「葵さん、お父さんに美味しいって言ってもらえるように頑張ろうね！」

「うん。ありがとう」

「そうと決まれば急いで帰ってお泊まりの準備しないと。第二回お茶菓子作り合宿だよ！」

前回の合宿は葵さんが不在だったが今回は全員集合。

こうして五人が集まるのは夏休みの別荘以来。

泉じゃないが、俺までテンションが上がる気分だった。

＊

「茶房花月の抹茶プリン？」

帰宅すると日和はすでに家に着いていて、それからしばらくして泉と瑛士が合流。

リビングに集まり日和に事情を説明すると、日和の眉がピクリと動いた。

「日和も食べたことあるのか？」

「ある。一番好きまである。あそこの抹茶プリンは別格」

日和の感想に完全同意。

確かにあの抹茶プリンは美味しかった。

「でも、あの味を再現するのは無理」

日和はきっぱりと言い切った。

「何度かチャレンジしたことがあるけど、完璧に再現はできなかった。レシピがあれば話は別だけど、手探りであの味を出すのは難しい。時間もないからなおさらだと思う」

「そうか……」

正直、最初から再現できるなんて思っていなかった。

事実、今日作ったプレートメニューの四種類だって完璧に再現できたわけじゃない。

というよりも、元々味を再現することが目的ではなく、抹茶との相性や食べ合わせのバランスを考慮して選んだものだから、茶房巡りの結果はあくまで参考でしかない。

ただこのプリンだけは……葵さんと父親の思い出の味を再現したい。

リビングが重い空気に包まれかけた時だった。

「再現はできない。でも、不可能というわけじゃない」

「どういう意味だ？」

「要は茶房花月の味に近くて、それ以上に美味しいものを作るなら不可能じゃない」

言葉の意味を咄嗟（とっさ）に理解できずに黙り込む。

　すると瑛士が日和に確認するように尋ねた。

「つまり完璧に再現できない部分を——いや、再現できないからこそ、自分たちで足りない部分を補って美味しいと思えるものを作るってことかい？」

「そう。完璧に再現するよりその方が現実的」

　逆に難しいんじゃないかと一抹の不安を覚える。

　だが今は時間もなく、日和を信じる以外に方法はない。

「味は最終的に好みの問題があるから絶対じゃない。だから指標になるのは葵さん」

「私……？」

「葵さんが美味しいと思えることが大切。お父さんに食べてもらうのが目的なら、きっとそれが一番だと思う。花月の味を再現しつつ、でも囚われすぎない方がいいのかもしれない」

「うん。わかった」

　葵さんはしっかりと頷いて見せる。

「よし。そうと決まればすぐに取り掛かろう」

　各自エプロンを着けてキッチンに立ち、さっそく抹茶プリンを作り始める。

　作り方は以下の通り。

　最初に卵と砂糖をよく混ぜ、そこに抹茶の粉末と生クリームを順に入れてさらに混ぜる。

その後、温めた牛乳を少量ずつ入れてダマにならないように混ぜてから、網の細かなこし器でこす。こうすることで残ったダマや卵のかすが取れて口当たりが滑らかになるらしい。

器に入れたらアルミホイルで蓋(ふた)をして、オーブンレンジで湯煎(ゆせん)焼きすること四十分。

最後に冷蔵庫で二時間以上冷やして固まれば完成。

なんだが、今は時間がないので一時間で味見をすることに。


「最初の試作品」

日和が冷蔵庫から取り出したプリンを前にみんなで息を呑(の)む。

「よし。食べてみるか」

小分けされた一口サイズの容器とスプーンを手に取る。

緊張しながら口に入れた直後、思わず声が漏れた。

「……美味(うま)い」

プリンの甘味と、ほんのりと口の中に広がる苦みのバランスがほどよくシンプルに美味い。

市販のプリンと比べても遜色(そんしょく)のない味に仕上がっていると思う。

ただ……。

「美味しいけど違う」

そんなことは日和が一番わかっているらしい。

茶房花月の味とは美味しさの質が違う気がする。

「葵さんはどう？」

「美味しいと思うけど、日和ちゃんの言う通りだと思う」

「そうだよな……」

さすがに一発で再現はできないとは思っていたが……。

「次は生クリームの量を変えてやってみる。口当たりがだいぶ遠い気がするから」

日和は落ち込んでいる暇はないと言わんばかりに袖(そで)をまくり直して手を動かす。

表情はいつもと変わらず無表情だが、率先して作業に取り掛かる姿から日和の気持ちが見えた気がした。日和なりに、葵さんのために力を尽くしてくれているんだろう。

確かに、手をとめている暇はないよな。

「日和、時間がもったいないから数パターン並行して作ろう。材料の分量を変えて作るなら指示してくれれば俺たちはその通り作るよ」

「わかった」

こうすれば一度に数パターン作れる。

「瑛士、日和の指示した分量を全部メモしておいてくれ。瑛士を抜いた四人が同時に別パターンを作るとなると、メモを取るのも大変だと思うけど大丈夫か？」

「問題ないよ」

「よし。じゃんじゃんやるか！」

こうして何度も試行錯誤を繰り返すこと数時間――。

作った数は十パターンをゆうに超え、さすがに味がわからなくなりかけた時だった。

「これ――」

一つの試作品を口にした瞬間、思わず葵さんと顔を見合わせた。

「うん。これだと思う」

俺と葵さんのリアクションに他の三人も同じ試作品を手に取る。

泉と瑛士が口を揃えて美味しいと言う中、キーマンの日和も納得した様子で頷いた。

「うん。茶房花月の抹茶プリンよりも少しビターな感じだけど、口当たりも滑らかさも遜色ない。プロにしたら全然足りないのかもしれないけど、私たちができる範囲では完璧」

日和がそう言うなら間違いない。

「よし。じゃあこのパターンでどんどん作ろう」

あとは時間との勝負。

俺たちの抹茶プリン作りは深夜まで続いた。

＊

日付を跨いでしばらく経った午前二時半頃——。

順調にプリンを作り進めた俺たちは、切りのいいところで一旦作業を終わらせた。

プレートメニュー用だから一つ当たりの量は少なく、二百食分とはいえさほど大変な作業じゃない。百五十食ほど作り終えたところで手をとめ、残りは仮眠を取ってから作ろう。

そう思い、みんな就寝したんだが……。

布団に入ったものの眠れなかった俺は、一人キッチンに戻ってきていた。

いつもならとっくに寝ている時間だし、昨日は朝から一日学園祭の準備で疲れているはずなのに全く眠気を感じない。

むしろ普段よりも目が冴えているのは、今日が楽しみで仕方がないからだろうか。

「……ったく、俺は遠足前の子供かっての」

我ながらぼやきたくもなる。

「よし、やるか」

どうせ眠れないなら少しでも作業をしていた方がいい。

キッチンで一人プリン作りを再開して三十分ほど経った時だった。

「晃君」

自分を呼ぶ穏やかな声が聞こえて顔を上げる。

するとリビングにパジャマ姿の葵さんが立っていた。

「ごめん。起こしちゃった？」

「ううん。お手洗いに起きたら灯りが見えたから」

葵さんはそう言いながらキッチンにやってくる。

当然、俺がなにをしているかなんて一目瞭然だった。

「私も一緒に作る」

「ありがとう。でも葵さんは休んでよ。俺は眠れなくてやってるだけだからさ」

すると葵さんはどうしてか、恥ずかしそうに視線を泳がせた。

「実はね……私も眠れないの」

「葵さんも？」

「今日のことを考えるとドキドキしちゃって。遠足前の小学生みたいで恥ずかしいんだけど」

思わず笑みが零（こぼ）れる。

まさか自分と同じだとは思わない。

「そっか。じゃあ一緒に作ろうか」

「うん」

夜も更けた深夜三時過ぎ――。

俺は葵さんと一緒にキッチンに並んでプリンを作る。

夜の静けさの中、キッチンのわずかな灯りの下に調理器具の音だけが響く。

学園祭が終われば、今年も残すところ一ヶ月半……。

こうしている間も、さよならへのカウントダウンは容赦なく俺から時間を奪っていく。

それでも、こうして大切な人と一緒にプリンを作って過ごす時間は、いつかかけがえのない思い出として懐かしむ日が来ると思うと、胸に溢れる感情は悲しみだけじゃない。

ふと思ったんだ。

たぶん。いや、きっと。


――人はこれを幸せと呼ぶんだろうな。

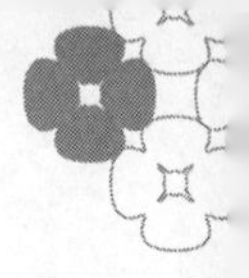

第八話　クラスの清楚系美人を金髪ギャルにしてやった話

そして迎えた学園祭当日、土曜日の朝——。

「じゃーん！」

各自が開始直前の最終チェックをしている中、泉（いずみ）のハイテンションな声が教室に響く。

みんな一斉に声の先に視線を向けると、そこには衣装に身を包んだ泉の姿があった。

和風金髪ギャル喫茶（きっさ）というコンセプトに合わせた、着物をアレンジした和柄の衣装。

上はカラフルな花の刺繍（ししゅう）が施された白地の生地に、下は腰よりやや高めの位置から足元まで伸びる袴（はかま）風のスカート。なによりコンセプト通り、泉の髪は見事な金髪になっていた。

「瑛士（えいじ）君、どう？」

泉はお披露目（ひろめ）するように、その場でくるりと回って見せる。

「うん。よく似合ってるよ」

「ありがとう！　わたしの彼氏は優しいな～愛してるぞ！」

「僕も愛してるよ」

我がクラスで幾度となく繰り広げられてきた恒例行事。

教室の中心で愛を語り合う二人はともかく、確かによく似合っている。

和装と金髪ギャルという組み合わせにイメージが湧(わ)かず心配していたが、こうして実際目にしてみると全然あり。泉の金髪姿は初めて見たが想像以上によく似合っていた。

そして、泉だけではなくもう一人——。

「葵(あおい)さん、早く入ってきなよ」

「う、うん……」

葵さんは衣装を試着した時と同じように教室の外から顔を覗(のぞ)かせていた。

やっぱりあの時と同じように泉が教室の外まで行き、葵さんの手を引いて入ってくる。

「「「おおお……」」」

その姿を見て、クラスの誰(だれ)もが感嘆の声を漏(も)らした。

泉の着ている華やかな衣装とは違い、純白の生地に描かれた青と紫の紫陽花(あじさい)。

落ち着いた雰囲気ながら吸い込まれるような深みのある色合い。鮮やかな青からどことなく儚(はかな)げな薄紫へと色合いを変える花弁のグラデーションの美しさに目を奪われる。

試着の時に一度見ているとはいえ、何度見ても惚(ほ)れ惚(ぼ)れする美しさだった。

なにより、こうして金髪姿の葵さんを見るのは五ヶ月ぶり。

あの日、公園で葵さんを見かけた時のことを思い出さずにはいられない。

あの頃(ころ)の葵さんは今のようにクラスのみんなから受け入れられてはいなかった。学校に来ることは少なく、一人孤立していて、今にも壊れてしまいそうな危うさがあった。

そんな葵さんを、今はみんなが温かく受け入れてくれている。

特に実行委員を引き受けてから、みんなとの距離が一段と縮まった。

葵さんは俺に思い出を作らせるために実行委員を引き受けたと言っていたが、結果として俺のため以上に葵さん自身のためになったんだと思う。

同じ金髪姿でも、あの頃と今ではなにもかもが違う。

そう思うと目の奥が滲むような思いが込み上げてきた。

「晃君」

感慨深い思いにしんみりしていると、葵さんが俺の前にやってきた。

「改めてだけど、どうかな？　似合ってる……？」

胸を刺すほんのわずかな痛みを握り潰す。

これは胸を痛めるようなことではなく、喜ぶべきことなんだから。

「めちゃくちゃ似合ってる」

「本当？」

「ああ。実はもう一度、葵さんの金髪姿を見たいと思ってたんだ」

「え？　晃君、金髪の方が好みなの？」

「いや、好みかどうかでいえば黒髪の方が好きだけど……」

「好きだけど？」

葵さんはいつものように可愛らしく首を傾げる。

「出会った頃のことを思い出すからさ」

「……そっか」

葵さんは小さく微笑んで見せた。

「よし！　あとは学園祭が始まるのを待つだけだね！」

「いや、ちょっと待て」

いい感じに場を収めようとする泉に待ったをかける。

「どうかした？」

「どうかしたじゃないだろ」

泉はとぼけた感じで首を傾げるんだが、マジで一言言わせて欲しい。

「なんで俺まで和装金髪ギャル姿なんだよ！」

今の今まで触れなかったが、なぜか俺も金髪のウィッグを被って衣装を着せられていた。

つまり先ほどの葵さんとのいい感じのやり取りも、俺は女装姿でしていたということ。

「なんでもなにも、お店のコンセプトが金髪ギャルなんだから当たり前でしょ？」

「当たり前で女装させられてたまるか！　なんで男の衣装も一緒なんだよ！」

思わずウィッグを取ってテーブルに叩きつける。

「だーかーら、和風金髪ギャル喫茶なんだから男の子も女の子も関係ないでしょ？」

「いやいや、あるに決まってんだろ！」

お互いの意見が永遠に嚙み合わない気がしてならない。

泉は当然のように主張するんだが、まさか男も一緒だとは思わないだろ。

いやでも……確認しなかった俺にも非がないとは言い切れないから困る。

衣装作りが始まった時、なにかおかしいというか足りないというか、引っかかっていることがあった。泉に確認しようとして忘れ、結局確認できずにいたんだが……。

俺が忘れていたのは、男用の衣装は作らないのかってことだった。

「まぁまぁ、晃も落ち着きなよ」

すると同じく金髪ギャルに扮した瑛士が俺と泉の間に割って入る。

俺が叩きつけたウィッグを拾い、渡しながらなだめてきた。

「瑛士、なんでおまえはそんなに女装が似合ってるんだ……」

まるで本当に女の子なんじゃないかと勘違いするほどの美少女に扮している瑛士。

俺と同じように和風衣装に身を包み、金髪ロングのウィッグを被っている瑛士は誰がどう見ても金髪美少女にしか見えない。

元が中性的な顔立ちをしているから、本気で女装したら似合うだろうと思ったことはあったが、いざこうしてみるとマジで可愛すぎるから困る。

その証拠に、先ほどから女子が黄色い声を上げながら瑛士をカメラに収めていた。

「晃だってよく似合ってるじゃないか。すごく可愛いよ」

「やめろ。それ以上、俺を褒めないでくれ」

瑛士にその気がないのはわかっているが、格好が格好だけに変な気分になる。

俺の中のいけない扉が開いたら責任取ってくれんのか？

「葵さん、晃君にも感想を言ってあげないと」

「え、えっと、すごく可愛いと思うから……一緒に写真撮って欲しい」

葵さんはスマホを両手で持ち顔の前に掲げ、申し訳なさそうに口にする。

マジか……この姿を思い出に残すのか。

「はーい。じゃあ二人とも並んで～♪」

泉と瑛士にせっつかれ葵さんと並んで立つ。

こうして学園祭開始前、泉に写真を撮られまくったのだった。

葵さんは記念にスマホの待ち受けにすると言っていたが、お願いだからそれだけは勘弁して欲しい……とはいえ嬉しそうな葵さんを見ていると、とてもそんなことは言えない。

葵さんが喜んでくれるなら、人生における黒歴史の一つくらい我慢するか。

その後、十時になり校内放送で学園祭の開始が宣言されていよいよスタート。

俺たちのクラスの出し物である和風金髪ギャル喫茶も同時に開店し、さっそくお客さんを出迎える準備を始める。

ちなみに学園祭の実施時間は十時から十七時半まで。

シフトは八人一チームで一時間半交代、五回ローテーションを回す予定。

最初は実行委員である俺と葵さん、そして泉と瑛士の四人にクラスメイト四人を加えたメンバーでスタート。作業分担はひとまずバックヤード三人のフロア五人で回してみる。

俺と葵さんは二日目のシフトに入らない代わりに三時間続けてシフトインすることにした。

こういうのは立ち上げが一番大変だから、接客に慣れている俺と葵さんがスタートからしばらくいた方がいいだろうという話になり、このシフト体制を取ることに。

すぐにお客さんが入り始め、泉と瑛士にバックヤードを任せて俺と葵さんはフロアを回す。

しばらくすると一般のお客さんもやってきて急に忙しくなり始めた。

「泉、抹茶と抹茶ラテのセット頼む」

「はーい♪」

「晃、フロアの状況はどうだい？」

「家族を連れてくる人が多くて思った以上に盛況だ。お昼過ぎまでこんな感じだろうな」

「了解！　まだまだ余裕あるからどんとこい♪」

するとオーダーを受けた葵さんもバックヤードにやってくる。

「泉さん、抹茶のセット二つ」

「はいはーい♪　ところで葵さん、お客さんの反応はどんな感じ?」

「みんな美味しいって、喜んで食べてくれてるよ」

「うんうん。苦労して作った甲斐があるね!」

泉の言う通り、お客さんが笑顔で食べてくれているのを見ると素直に嬉しい。

葵さんのアルバイト先で仕事をしている時も、お客さんが美味しいと言ってくれたり、ごちそうさまと言ってくれた時は嬉しいと感じたが、今はその何倍も充実感を覚えている。

きっとみんな同じ気持ちで、その理由は自分たちで作ったからだろう。

みんなで力を合わせた結果が、お客さんの笑顔という形で報われているからだ。

「じゃあフロアに戻るから、こっちはよろしくな」

「お任せあれ!」

その後、途中で泉と瑛士のシフトが終わり次のチームとチェンジして切り盛りを続ける。

お昼になるとさらに混み始めたが、なんとかさばいてピークを過ぎた十三時近く――。

俺と葵さんのシフトが終わる直前のことだった。

「いらっしゃいませ――」

新規でやってきたお客さんの顔を見て思わず足がとまった。

「ええと……晃君かな？」

「はい……あ⁉」

　自分が金髪ギャルになっていることを思い出して慌ててウィッグを外す。

「すみません……決して女装が趣味なわけではないんです」

「大丈夫。葵からそういうコンセプトだって聞いてるから」

「なんか、すみません……」

　俺が恥ずかしい思いをしたのはこの際どうでもいい。

　父親を呼んだのは葵さんと相談してのことだから当然知っていたこと。

　それなのに動揺してしまったのは女装を見られたからではなく、現れたのが父親一人ではなかったから。

　父親の隣には一人の女性と、その足元には小さな男の子がいた。

「案内してもらえるかい？」

「はい。こちらへどうぞ」

　状況を呑み込めないまま三人を席に案内する。

　いや、状況が全く理解できないわけじゃない。

　葵さんや父親の事情を知っている俺にとって、二人が誰なのかを察するのは難しくない。

　ただ、どうして父親が連れてきたのか……それがわからないから驚いている。

「抹茶のセットを二つお願いできるかな?」

「はい。少々お待ちください」

俺は急いでバックヤードにいる葵さんのところへ向かう。

「葵さん――」

カーテンを開けると、すぐ目の前に葵さんの姿があった。

今まさにフロアに戻ろうとしていたところだったんだろう。

ちょうどよかったと思いながら、自分の気持ちを落ち着かせる。

「葵さん、お父さんが来てる。ただ――」

一瞬なんて伝えていいかわからずに言葉に詰まる。

すると葵さんが俺の服の袖(そで)をそっと摑(つか)んで頷(うなず)いた。

「大丈夫。わかってるよ」

「わかってる?」

「びっくりさせてごめんね。私がお父さんの家族も呼んだの」

そう――一緒にいたのは父親の再婚相手とその子供だった。

だけど、どうして葵さんは父親だけじゃなく家族も呼んだのか?

「上手(うま)く言葉で説明できないんだけどね……私が会ってみたいと思ったの」

葵さんの口調はとても落ち着いていた。

上手く言葉にできないだけで、葵さんの中では明確な想いがあるんだろう。

父親と再会し、母親と決別した今、葵さんの中で家族観に変化があって当然。心の内は葵さん本人にしかわからないが、迷いのない瞳を見る限り心配はないと思った。

なにより、葵さんが前に歩みを進めようとしているようで嬉しかった。

「そっか……」

ちょうど時計は十三時を回り、俺と葵さんのシフトが終わる。

「葵さん、お父さんの席に行きなよ。俺が注文の品を運ぶから」

すると葵さんは、俺の服の袖を掴む手にキュッと力を込めた。

「晃君にも、一緒にいて欲しいの」

「え――？」

まさかの一言だった。

「俺も……同席していいの？」

「ごめんね。びっくりするよね。でも、お父さんの家族にも晃君を紹介したくて」

葵さんは真っ直ぐに俺の瞳を見つめる。

こんなにもはっきりと、葵さんが俺になにかを頼むのは初めてのことかもしれない。

葵さんは以前に比べれば自分の気持ちを言葉にするようになった。だけど、気持ちを言葉にすることはあっても無理なお願いをするようなことはなかった。

でも葵さんは今、無理を承知で言葉にしている。

それだけで葵さんの想いの強さを理解できた。

「……わかった。同席させてもらうよ」

急なことで緊張はするけど、断る理由はなかった。

「ありがとう」

俺と葵さんは二人分の抹茶セットを手に席へ向かう。

「お待たせしました」

葵さんは父親に、俺は奥さんに注文の品を差し出してから向かいの席につく。

葵さんは父親の正面に、俺は奥さんの前に座ると、奥さんの膝の上にいる男の子が母親に抱き付いて隠れるようにしながら俺たちの様子をチラチラと窺っていた。

「今日は招待してくれてありがとう」

「ううん。私の方こそ、来てくれてありがとう」

葵さんと父親は穏やかな笑顔を浮かべて言葉を交わす。

再会した頃に比べ、その触れ合い方はずいぶんと家族らしくなっているように見えた。

「紹介するよ。私の妻の由香里だ」

「はじめまして。私たちも招待していただいてありがとうございます」

由香里さんは丁寧にお辞儀をして見せる。

「そしてこの子は息子――葵の弟の葵志だ」

「葵志君……」

「葵の葵に、志と書く」

葵さんから一文字取ったのは、きっと父親なりの想いの表れだろう。

もしも、もう二度と葵さんと会うことのない未来だったとしても、葵さんのことを忘れないように。自分には二人の子供がいるんだと、一瞬たりとも忘れることのないように。

本心は父親にしかわからないが、そんな気がした。

「葵志、お姉ちゃんにご挨拶をして」

由香里さんがそう促すと、葵志君は一瞬だけ葵さんと目を合わせた。

だけどすぐに由香里さんの胸に顔をうずめてしまった。

「ごめんなさい。この子、人見知りが激しくて」

「気にしないでください」

この状況を理解はできないだろうし、自分より大きい人に囲まれたら萎縮もする。

「お茶、冷める前にどうぞ」

「ああ。いただくよ」

「それとね、プレートメニューのプリンなんだけど……お父さんが昔よく買ってきてくれた茶房花月の抹茶プリンを真似して作ってみたの」

「茶房花月の？」

「うん。全く同じ味にはできなかったんだけどね、またお父さんと一緒に食べたかったの」

「そうか……」

父親は抹茶プリンの入った器とスプーンを手に取って口に運ぶ。

味わうように大きく頷いた後、満足そうな笑みを浮かべた。

「確かに花月のプリンと同じ味じゃないかもしれない。でも、私にとってはこちらの方がずっと美味しいよ」

それはきっと、父親の本心なんだと思った。

その隣で由香里さんもプリンを手に取った時だった。

「葵志も食べたいの？」

葵志君は由香里さんが持っているプリンに手を伸ばす。

「抹茶だから葵志の口には合わないかもしれないけど大丈夫？」

由香里さんは手にしていたプリンとスプーンを葵志君に渡すと、意外なことにぺろりと平らげた。特に口に合わなかったということはないようで、物足りなそうに器を見つめる。

「葵志君、もっと食べる？」

葵さんが優しく尋ねると、葵志君は恥ずかしそうにしながら小さく頷いた。

葵さんはバックヤードに戻り、すぐに抹茶プリンを二つ手にして戻ってくる。

一つは葵さんの分で、もう一つを葵志君に渡すとまたぺろりと平らげた。

元々プレートメニュー用に量を少なく作ったから物足りないのかもしれない。

「葵志、お姉ちゃんにお礼を言って」

「…………」

葵志君はやっぱり恥ずかしそうにしながら葵さんに視線を向ける。

するとお礼を言う代わりに、ポケットから飴を一つ取り出してテーブルに置いた。

「……私にくれるの？」

葵さんが尋ねると、葵志君はまた由香里さんの胸に顔をうずめて隠れてしまった。

そんな二人の姿を驚いた様子で眺める父親と由香里さん。

「葵志、本当にお姉ちゃんにあげるの？」

葵さんは差し出された飴をそっと手に取る。

「この飴はこの子の大好物で、出かける時はいつも持ち歩いているんです。大好きすぎて私たちにも滅多にくれないのに……」

そんなに大切なものを、初対面の葵さんにプレゼントしてくれた。

「葵志君、ありがとう」

葵さんは飴の包みを剝いで口に入れる。

「うん。美味しい」

そんな葵さんの笑顔を、葵志君はやっぱり横目でチラ見していた。

そんな二人の微笑ましいやり取りを見ていて、ふと思った。

葵さんと父親の思い出の味が花月のプリンだとしたら、いつか葵志君が大きくなって幼い頃を懐かしむ時、葵さんと葵志君にとっての思い出の味がこの餡だったらいいなって。

その後、葵さんと父親を中心に俺たちは三十分ほど歓談を続けた。

ゆっくり話ができればいいんだろうけど、そんな機会はこれからいくらでもある。

俺と葵さんは教室の外まで三人を見送りに出ていた。

「今日はこの辺で失礼するよ」

「うん。またね」

父親は俺に向き直る。

「晃君、ありがとう。君への感謝は筆舌に尽くしがたい」

「俺の方こそ色々ありがとうございました」

「これからも葵のことを、どうか……よろしくお願いします」

父親は深々と頭を下げる。

その隣で由香里さんも頭を下げていた。

頭を上げてください——そう声を掛けようとして言葉を飲み込んだ。

きっと俺は、大の大人が頭を下げることの意味を理解しなければいけない。

ただの高校生に礼儀を尽くし、想いと言葉の限りを尽くし、必要以上に丁寧な言葉を紡ぐ理由を理解するだけじゃなく、きちんと気持ちを受け取らなければいけない。

感謝と敬意と信頼と、なにより大切な想いを託されているんだから。

「もちろんです」

気持ちに応えるように、言葉に精一杯の誠意を込める。

「俺が傍にいられる限り、なにがあっても必ず守ります」

「……ありがとう」

こうして俺たちは教室を後にする三人の背中を見送る。

すると、由香里さんに抱っこされている葵志君が葵さんをじっと見つめていた。

目が合った瞬間、葵志君は恥ずかしそうに半分顔を隠しながら小さく手を振ってくる。

嬉しそうに手を振り返す葵さんの姿を見ていて思う。

「葵志君、葵さんの弟なだけあって葵さんに似てたな」

「そう？　どの辺が？」

「恥ずかしい時に顔を隠すところ」

「え……？」

葵さんは意外な様子で疑問符を浮かべる。

「私、そんなことしてるつもりない……」

どうやら葵さんは自覚がなかったらしい。

「でもさ、今まさに両手で顔を半分隠してるよね」

「え――？」

そう、こうして会話をしている間も真っ赤な顔を両手で隠している葵さん。

少しからかうように言うと葵さんは慌てて両手を離す。

「……晃君のいじわる」

拗ねた様子でジト目を向けてくる葵さん。

普段見ない表情が見られてちょっと得した気分。

「さて、俺たちのシフトも終わったし着替えて学園祭を見て回ろうか」

「うん。そうだね」

とりあえず荷物を取りにバックヤードに戻ろうとした時だった。

「二人とも大変なんだって⁉」

泉が血相を変えて教室に戻ってきた。

その後ろには瑛士の姿もある。

「なんだ？　なにかあったのか？」

「なにかあったのかって、シフト中の人から連絡を貰ったんだよ。混みすぎてお客さんがさばけないって、待ちのお客さんも出始めちゃったから助けてって」

「「え？」」

思わず声を上ずらせる俺と葵さん。

ふと入り口に目を向けると入場待ちのお客さんが列をなしていた。

教室の中は当然満席で、まさに大繁盛という言葉が相応しい。

「マジか……」

「悪い。葵さんのお父さんが来てたから気づかなかった」

「晃、どうする？」

瑛士は俺に判断を委ねる。

どうするもなにも方法なんて一つだろ。

「俺のシフトは終わったけど落ち着くまで残るよ。フロアを回すのは俺一人増えれば問題ない。幸いまだ衣装のままだからウィッグを被ればすぐに戻れる」

「落ち着かなかったらどうするの？　経験者の晃君が残っても、今の時間ですらこの混みようだと、これから夕方に掛けて休憩するお客さんでもっと混むと思うけど」

泉の言う通り、そんなことはわかってる。

「その時は実行委員としてラストまで働くさ」

「晃君一人に負担掛けられないからわたしも手伝うよ！」

本当、こういうお祭り騒ぎの時の泉はマジで頼りになる。

そう言うと思ったから『落ち着くまで』って言ったんだけどな。

「泉さん、大丈夫だよ」

すると隣に立っていた葵さんが泉に声を掛けた。

「私が晃君と一緒に残るから」

それでも泉は頬を膨らませて不満そうな表情を浮かべる。

いったいなにがそんなに不満なんだと聞こうとした時だった。

「あーもう、手が足りても足りなくてもいいから、わたしも交ぜてってば！」

まるで仲間外れは嫌だと駄々をこねる子供みたいに拗ね散らかす。

なんだよ、それが本音なら素直に言えよ。

「だって、出し物が忙しくて学園祭を回る暇がないなんて最高じゃん♪」

「それもまた学園祭の楽しみ方の一つだね。僕も仲間外れはごめんだな」

「全く、おまえらは……」

まぁ今さら格好を付けようとした俺がバカだった。

「よし。じゃあ泉と瑛士はバックヤードを頼む。俺と葵さんでフロアのフォローに回ろう」

「「了解！」」

こうして俺たちは現場に戻る。

結局この日、学園祭が終わるまで和風金髪ギャル喫茶は混み続けた。

＊

学園祭初日が終わり、みんなが片付けをして帰った後――。

俺たち四人に加え、遊びに来ていた日和（ひより）も一緒にバックヤードに残り明日に向けた打ち合わせをしていた。

打ち合わせというよりも、直面している問題について話し合うため。

「まさか初日でプレートメニューが百五十食近く売れるとはな……」

「本当、嬉しい悲鳴ってやつだよね～」

泉は椅子に座りながら嘆息気味に呟（つぶや）く。

俺も葵さんも、泉の隣で売り上げを計算してくれている瑛士も気持ちは同じだった。

売り上げは絶好調なのに喜べない理由は明確で、明日の分の在庫が足りないから。

「ドリンクメニューの方は足りそうなのか？」

「それは大丈夫。抹茶は金額を抑えて多めに仕入れておいたから」

せめてもの救いだな。

「計算が終わったよ。正確には百四十二食だね」

「どう考えても明日の分が足りないよな」

「うん。最後の方は時間がなくて、明日来てくださいって帰しちゃった人もいるの……」

「その人たちが明日来てくれるとしたら余計に足りないか」

「晃君、どうする？」

泉は俺に判断を求めてくる。

確かにこの判断は実行委員の俺がするべきだろう。

「予算はいくらか余ってる。残りの金額で買えるだけ材料を買ったとして、おそらく五十食は作れるだろう。ただ――」

問題は時間だ。

ふと時計に目を向けると十八時。

校内に残れるのは十八時半までだから、残って作る時間はない。

学園祭実行委員は終了後の片付けや見回りなどもあるため一般の生徒よりも一時間長く残れるが、俺と葵さんだけが一時間長く作業をしたところで間に合わないだろう。

「プリンを作った時のようにうちで作るとしても、あの時はプリンだけだったからなんとかなった。五種類のプレートメニューを五十食作るのは、私たち五人じゃ時間的に不可能」

日和は状況を正確に分析して示してくれる。

だから正確に言うのなら、時間以上に人手が足りない。

「「「…………」」」

まさに八方塞がりとはこのこと。

追加で作らず売り切れた時点でプレートメニューの提供を終わらせればいいだけの話だと思われるかもしれないし、事実、そう言われたら返す言葉もない。

でも、この場にいる誰もがその選択肢を口にしないのは、それが不本意だからだ。

自分たちが時間を掛けて作り上げたものが受け入れられていることを嬉しく思っているからこそ、もっと多くの人に提供したいという欲が出ているのかもしれない。

それはきっと、クラスのみんなも同じだろう。

「いつまでも迷ってるわけにはいかないな」

判断を下さなければいけない。

気持ちだけではどうにもならないこともある。

「明日は残りの数だけで――」

そこまで言いかけた時だった。

「プレートメニュー、明日の分が足りないの？」

気が付くと、俺たちの後ろにクラスの女子が立っていた。

忘れ物でも取りに戻ってきたんだろうか？

まだクラスメイトが残っているとは思わなかった。

「……実はさ」

聞かれた以上、隠すべきではないと思った。

変に誤魔化そうとしてもクラスのみんなにすぐ伝わる。

みんなで頑張ってきたんだから現状を共有するのが誠実だろうと思った。

すると──。

「人手があれば、なんとかなるんだよね？」

「絶対とは言えないけど可能性はあると思う……」

「だったら私、手伝う」

迷いなくそう言うとポケットからスマホを取り出す。

するとすぐに俺たちのスマホが着信を告げた。

「これ……」

クラスメイト全員が参加しているグループに投げられた一つのメッセージ。

それは、今俺たちが説明した内容と協力を求める言葉だった。

「きっとみんな手伝ってくれる」

その言葉を証明するように、次第にみんなから返事が届く。

ほとんどのクラスメイトがいくらでも手伝うからと返事をしてくれた。

中にはどうしても都合がつかなくて手伝えないと心苦しそうに謝る人もいたが、それは仕方がないこと。その分、明日は接客を頑張るからと頼もしい言葉をくれた。

「晃君……」

葵さんは嬉しそうに笑みを浮かべて頷く。

言葉にしなくても、俺も同じ気持ちだった。

「今からみんなで作ろう」

「そうこなくっちゃね！」

泉がいつもの調子で落ちていた空気を振り払った時だった。

「晃、待って」

日和が泉のテンションにストップをかける。

「人が揃ってても場所がない。うちじゃ大人数は入らない」

「それなら考えがある」

俺はスマホを取り出して電話を掛ける。

電話に出た相手に事情を話すと、急なお願いにも拘わらず快く了解してくれた。

「どこに電話を掛けたの？」

「俺たちのアルバイト先さ。店長が一時間早く閉めて使わせてくれるって」

「確かにあそこなら必要な道具は揃ってるし、みんなが入れる広さもあるね！」

「よし。グループにお店の住所を送ってすぐに向かおう。葵さんと泉は先に行ってみんなを纏(まと)めておいて欲しい。俺と瑛士と日和は材料の買い出しをしてから向かうよ」

「わかった」

「了解！」

みんなには本当に心から感謝しかない。

こんな形でも、みんなの気持ちが一つになったことが嬉しかった。

＊

買い出しを終えてアルバイト先の喫茶店に着くと、すでにみんな集まっていた。

まるで今からイベントでも始まるんじゃないかと思うほどみんなのテンションが高いのは、こんな時間に知らない場所で集まることに高揚感を覚えているからかもしれない。

「店長、急なお願いを聞いてもらってありがとうございます」

俺は荷物を手にしたまま店長のところへ行き、お礼の言葉を口にする。

「気にすることはないさ。私はこういう時くらいしか力になれないからね」

「そんなことないです。貸していただいた冷蔵庫も本当に助かりました」

「必要だと思う道具は用意しておいたから確認してもらえるかい？」

「はい」

日和に確認を頼み、葵さんの元へ向かおうと姿を探す。

「晃君、買い出しお疲れさま」

すると俺が見つけるよりも早く葵さんから声を掛けられた。

「ありがとう。ほとんどの人が集まってくれたんじゃないか？」

「うん。こんなに来てくれるなんて思わなかった」

どれだけ感謝をしても足りない。

でも、感謝の言葉は全て(すべ)が終わってからでいい。

「みんな、聞いてくれ――」

俺の呼び掛けに、みんな会話をやめて視線を向けてくる。

俺が学園祭実行委員として頼み事をするのはこれが最後になるだろう。それはイコール、みんなと過ごす最初で最後の学園祭が終わりに向かっているということを意味する。

その事実が少しだけ俺の胸を刺した。

「今から明日の分のプレートメニューを五十食分作る。手分けしてやればそんなに時間は掛からないと思うけど、遅くても二十二時には解散する。それまでよろしく頼む！」

みんなの返事と共にプレートメニュー作りを開始。

日和が羊羹(ようかん)、泉が抹茶のティラミス、瑛士がアイスで葵さんがプリン、そして俺が饅頭(まんじゅう)作りの担当リーダーになり、クラスメイトを五チームに分けて作業を進める。

それから一時間後――。

順調に作業が進んで手が空いた俺は、遠目に葵さんの姿を目で追っていた。

「晃、そっちはどうだい？」

瑛士が飲み物の入ったグラスを手にやってきた。

一緒に一息入れようってことだろう。

「順調だよ。ギリギリ時間内に終わりそうだ」

「それはよかった。僕の方は少し押すかもしれない」

「そしたら俺たちだけ残ってやればいいいさ」

「そうだね」

瑛士が持ってきてくれたグラスを受け取って喉を潤す。

「葵さん、気になるかい？」

どうやら作業中も葵さんのチームを気に掛けていたのがバレていたらしい。

本当、いつもよく俺たちのことを見てくれているよ。

「気になるというか……なんて言ったらいいいかな」

上手く言葉にできるかわからない。

でもまぁ、瑛士なら思うままに話してもいいか。

「きっともう、葵さんに俺の助けはいらないんだと思ってさ」

瑛士は少し意外そうな表情を浮かべた。

俺は誤解されないように説明を続ける。

「俺さ、今まで葵さんのために色々してあげてきただろ？」

「うん。傍で見てきたから誰よりわかっているつもりだよ」

「でも正直、俺がしてきたことは本当に正しいことだったのかって、ずっと心の片隅に不安があったんだ。余計なお世話なんじゃないかとか、葵さんの気持ちを無視しているんじゃないかとか……葵さんは受け入れてくれていたけど、やっぱり不安はあった」

もちろん葵さんの気持ちを理解できるように対話は欠かさなかった。

瑛士の言う通り、人と人は会話をせずにわかり合うことはできないから。

それでも、誰かに手を差し伸べることを難しいと感じ続けてきたのも事実。

「でも、この光景を見てたらさ……俺がしてきたことは間違いじゃなかったと思えたんだ」

ここに至れたのは俺の協力だけじゃないのはわかっている。

俺がしてきたことはきっかけ作りでしかなく、葵さんが努力をしてきたからだ。

手を差し伸べられた人がみんな変われるなんてことはなくて、差し伸べられた手を掴んで現状を変えようと頑張っても、きっと報われない人の方が多いんだろう。

それでも報われた人は例外なく頑張っていた人のはず。

葵さんがみんなに受け入れられたのは、葵さんが頑張った結果だろう。

「だからこそ思うんだよ。きっともう、葵さんに俺の助けはいらない」

「そうだね……でもそれは、間違いなく喜んでいいことなんだろうね」

瑛士は俺がネガティブな感情で言っているわけではないとわかってくれたんだろう。

俺は瑛士の言葉を肯定するように深く頷いて見せた。

「夏休み、みんなで夏祭りに行った日の夜にさ、瑛士は俺に『葵さんに対する自分の感情に名前を付ける頃だ』って言ってくれただろ？」

「うん。覚えているし、今だってそう思ってる」

「瑛士の言葉の意味はちゃんと理解してる。この三ヶ月、自分の気持ちを誤魔化さずに俺なりに名前を付けようと考えてきた。そして一つ、わかったことがある」

葵さんがみんなと打ち解けている光景を目にしたからこそ気づけた想い。

「俺が今まで葵さんに抱いていた想いは、恋愛感情じゃなかった」

それは瑛士にとって意外な答えだったかもしれない。

だけど俺の中でようやく明確になった感情だった。

「葵さんのことは大切に思ってる。一人の女の子として魅力を感じているし、初恋の女の子だったことを抜きにしても意識をしているのは嘘じゃない。でもそれ以上に、俺が葵さんに抱いていた感情は責任感や正義感、なにより庇護欲の方が強かったんだと思う」

俺がいないと葵さんはダメかもしれない――。

葵さんを助けてあげられるのはきっと俺だけだ――。


今思えばなにを調子に乗っているんだと突っ込みたくもなる。

それでも、自惚(うぬぼ)れにも似た思いの方が強かったんだ。

「葵さんがこうしてみんなと打ち解けて、俺にとって葵さんが守るべき対象ではなくなった今、やっと俺は葵さんとの関係を進められるようになった……そんなふうに思ってる」

言うなれば、守り守られる関係からの脱却。

俺たちが新しい関係を築く上で、今までの関係は足枷(あしかせ)だったように思う。

少なくとも俺にとって葵さんが守るべき対象じゃなくなったことは大きく、俺が葵さんへの感情に名前を付けるのだとしたら、今までの関係ではなく、この先の関係なんだと思う。

だからきっと、葵さんの自立はお互いにとって必要だった。

「確かに晃の言う通りかもしれないね」

瑛士は目を伏せて頷く。

「僕は恋人同士の関係は対等であるべきだと思ってる。僕も泉と付き合う上で、その点は常に意識しているよ。もし晃と葵さんが以前のまま関係を進めたとしたら、葵さんは晃に必要以上に恩を感じて歪な関係になっていたかもしれないね」

「ああ、俺もそう思う」

瑛士は俺のつたない説明でも理解してくれた。

「僕も晃の言う通り、葵さんの自立は二人の関係を進めるために必要だったように思う」

「特に葵さんが自分自身で両親との関係に決着を付ける必要はあったと思う」

「そうだね。葵さんの問題の全てはそれと言っても過言じゃない」

「正直、寂しい気持ちもあるんだが……きっとこれ以上は過保護だろ」

でもその寂しさは、瑛士の言う通り喜んでいいことなんだろうな。

「晃、お疲れさま。これからの二人の新しい関係に期待するよ」

「どうなるかはわからないが、期待に沿えるように善処するさ」

そんな会話をしながら葵さんの仕事ぶりを眺めていると。

「晃君、ちょっと味見してくれる？」

葵さんは手招きしながら俺を呼ぶ。

「ああ。すぐ行くよ」

今すぐじゃなくていい。

これから少しずつ、自分の気持ちに向き合っていこうと思った。

そして二十三時を過ぎた頃――。

「終わったああああああ！」

喫茶店のフロアに泉の感極まった声が響いた。

予定していた二十二時には終わらなかったためクラスのみんなには先に帰ってもらい、俺たち五人で残りのお茶菓子を作り続けること一時間、ようやく全て作り終えた。

まさか二度もこの達成感を味わうことになるとは思いもしなかった。

「これでも足りなかったら仕方ない。その時は手放しで喜ぼう」

「そうだね。やれることは全部やったもんね」

葵さんも満足そうに頷く。

「きっと明日も混むと思うけどシフトはどうするんだい？」

「それなら考えてあるから大丈夫だ」

「まさかまだ『俺がシフトに入るからみんなは学園祭を楽しんでくれ』とかいらない格好を付けるつもりじゃないでしょうね？」

泉がジト目を向けて釘を刺してくる。

今さらそんなことを言うつもりなんてないさ。

「俺がシフトに入るのはもちろんだが、三人にも付き合ってもらいたい。特に葵さんは二日続けてフルシフトになるから学園祭を見て回れなくて申し訳ないけどさ」

「気にしないで。そういう学園祭の楽しみ方も素敵だと思う」

葵さんは迷うことなく笑顔で即答してくれた。

きっと俺が頼むまでもなくそのつもりだったんだろう。

「もちろん、わたしたちもそのつもり♪　ね、瑛士君」

「うん。聞かれるまでも頼まれるまでもなくね」

これで明日の心配はなくなった。

「まぁ……一つ懸念があるとすれば」

「あるとすれば？」

「また金髪ギャルの格好をするのだけは気が重い……」

人生で女装なんて一回きりでお腹いっぱい。

「そんなに嫌？　よく似合ってたじゃん♪」

「似合う似合わないの問題じゃない……今日一日で何十枚写真撮られたと思ってるんだよ。知り合いも知り合いじゃない奴も、お茶を飲みに来た人がほとんど俺の写真を撮ってたんだぞ。しかも……よりにもよって葵さんのお父さんにまで見られるなんて」

思い出すだけで恥ずかしくて顔が熱くなる。

「葵さん、晃君がやる気を出してくれるように一言どうぞ！」

「えっと……私はもう一度見てみたいな」

自分が微妙な表情をしているのがわかる。

嬉しいような嬉しくないような、気分が複雑極まりない。

「今日はショートだったから、明日はロングヘアーのウィッグを着けて欲しい」

「まさかの追加注文⁉」

「大丈夫。晃一人に女装はさせない。僕らはいつも一緒だよ」

「そんな力を合わせれば大丈夫みたいな言い方するな。ていうか瑛士の担当はバックヤードなんだから、そもそも女装する必要ないだろ」

だから俺が新しい扉を開けたら責任取ってくれんのか？

「女装の話はともかく、今日のところはこれで終わりだな。作ったお茶菓子は明日の朝、店長が車で学校まで届けてくれるって言うから、そこはお言葉に甘えて解散しよう」

こうしてぎりぎり日を跨ぐ前、俺たちは店長にお礼を言って喫茶店を後にする。

昨日は葵さんと二人で夜通しプリンを作っていたから眠さも限界。

帰宅後、気が付けばソファーで朝まで眠り続けていた。

＊

そして学園祭二日目は駆け抜けるように過ぎていった。

予想通り一日目に続いて二日目も大盛況。

プレートメニューは夕方前に売り切れてしまったが、その後もお茶だけでもいいというお客さんが後を絶たず、終了の十七時半までお客さんが途切れることはなかった。

最後のお客さんは、みんな教室に戻ってきていて全員でお見送り。

直後、学園祭の終了を知らせるアナウンスが流れた瞬間、みんな示し合わせたように歓声を上げてハイタッチを交わす。

色々あったけど、それだけみんなの記憶に残る学園祭だったんだろう。

そして残すはフィナーレを飾るお祭りの花火大会だけとなった。

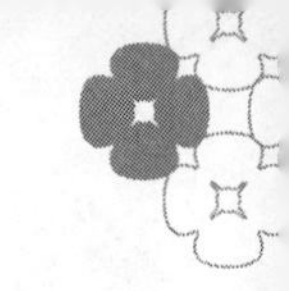

Epilogue エピローグ

「よし……こんなもんかな」

学園祭が終わった後、教室の片付けを概ね終えて一息ついていた。

クラスのみんなはすでに学校を後にし、これから打ち上げられる花火を見るために帰宅。

日和も学園祭が終わる前に帰宅し、こうして教室に残っているのはいつもの四人だけだった。

俺たちも帰宅すればいいのに残り続けているのは名残惜しさからだろう。

だらだらと作業をしながら椅子に座り余韻に浸っていた。

「じゃあ、そろそろ帰るか」

とはいえ、ずっとこうしているわけにもいかない。

一般生徒の下校時間が迫っていた、その時だった。

「晃君、この後……少しいいかな？」

葵さんはわずかに頬を染め、視線を流しながら口にする。

なにか言いにくいことを言おうとしている時の葵さんの仕草だった。

「もちろん。でも、もう下校時間だからあまり時間はないけど」

「実行委員は一時間長く学校に残ってもいいことになってるでしょ？」

確かに葵さんの言う通り、実行委員は他の生徒より一時間遅く残ることができる。

それは片付けが終わらなかったり、終わった後の雑務などをするためで、特に仕事がなければわざわざ残る必要はないんだけど。

「わかった。なにか仕事でも残ってるの？」

「一緒に行って欲しいところがあって……」

そう口にする葵さんは、なんだか妙に落ち着かない。

「わたしたちは先に帰るから。じゃあまた～♪」

「ああ、またな」

「晃、学園祭はまだ終わりじゃないからね」

「ん？　どういうことだ？」

そんな俺の疑問に答えることなく二人は教室を後にした。

静まり返る教室に残った俺と葵さん。

なんだろう……こんな時間に教室に二人で残っているからか、それとも学園祭の余韻に浸っているからか、葵さんの表情が悪い意味ではないが思い詰めているように見える。

「えっと、どこに行けばいい？」

「うん。付いてきて」

教室を後にして人気（ひとけ）のない校舎を歩いていく。

誰（だれ）もいない夜の校舎だからか、それとも葵さんと二人きりだからか。

俺と葵さんの間には、明らかにいつもと違う空気が流れているような気がした。

そうして葵さんに連れられてきたのは屋上——何度も足を運んできた場所なのに、日が落ちているというだけでまるで別の場所のような印象を受けた。

「もしかしてここで花火を見るために？」

「うん。ここならよく見えるから」

「確かに穴場だな」

スマホで時間を確認するともうすぐ十八時半。

花火大会は十八時半から一時間行われ、実行委員が学校に残っていいのも十九時半まで。こうして屋上で花火を見ることができるのは、いうなれば実行委員の特権みたいなもの。

俺たちは設置してあるベンチに並んで腰を掛け、花火が打ち上がるのを待つ。

すると隣で葵さんが両手をこすり合わせ息を吹きかけていた。

十一月中旬、この時期は日が落ちると急に気温が下がる。

「上着取ってくるよ」

「大丈夫。手が冷たいだけだから」

「でも、寒いだろ？」

「じゃあ……」

葵さんは意を決したような表情を浮かべる。

「え……？」

「こうしてればあったかい」

そう言って俺の手を握ってきた。

触れた葵さんの手は冷たく、俺の手の熱を奪っていく。

冷たくなる手の感覚とは対照的に、自分の体温が上がっていくのを感じていた。

これまで葵さんと手を繋いだことは何度かあるけど、今ほど緊張したことはなかった。まるで初めて手を繋いだ時のような――いや、それ以上の胸の高鳴りを感じる。

……でも、その理由はなんとなくわかっていた。

俺たちの関係が変わったからでも、葵さんが変わったからでもない。

変わったのは俺の想いだ。

「…………」

やがてお互いの体温が溶け合うように混ざり、手に温度が戻ってきた時だった。

大きな音と激しい閃光と共に、花火大会の開始を告げる花火が打ち上げられた。

直後、次々に打ち上げられる花火が夜空を華やかに染めていく。

「きれいだね……」

「ああ」

こうして一緒に花火を見るのは二度目。

夏休みに見た花火よりも美しく見えるのは、気温が下がって空気が澄んでいるからか、それとも俺の想いが変わったことによる影響か、もしかしたらその両方かもしれない。

絶え間なく打ち上がる色とりどりの花火に目を奪われる。

しばらく花火を見ていると。

「どうしても晃君と一緒に見たかったの」

葵さんは夜空を見つめながら呟（つぶや）いた。

「どうして？」

「泉さんに教えてもらったの」

「泉に？」

「学園祭実行委員を一緒にした男女が、屋上で花火大会を一緒に見るとね……」

葵さんはそこまで言いかけて一度口を噤（つぐ）む。

葵さんの頬がほのかに赤く染まっているのは花火のせいだろうか。

「ずっと一緒にいられるんだって」

少し照れた様子で葵さんは言葉を紡（つむ）いだ。

言葉を否定するつもりは全くないけど、泉のいつもの冗談だろうと思った。

葵さんは純粋で人を疑うことを知らず、冗談や嘘だと言わなければずっと信じ続けるところがある。今までも泉にあることないこと吹き込まれ、それを信じていたことがあった。

今回も泉が葵さんに吹き込んだに違いないという確信がある。

なぜなら、もし本当にそんなジンクスがあるのなら、この場に他の生徒がいないのはおかしい。実行委員を口実に意中の相手と距離を縮め、花火を一緒に見ながら告白する。

そんな生徒が他にもいて当然なのに一人も見当たらない。

全く……泉の奴、余計な気を利かせやがって。

でも泉に感謝している時点で、もう誤魔化すことはできないんだろうな。

「最近ね、こんな日々がずっと続けばいいのになって思うの……」

葵さんは夜空に滲む花火を見つめながらポツリと呟く。

「クラスのみんなと仲良くなれて、お父さんやおばあちゃんと再会できて、お母さんのことに気持ちの整理がついて……お父さんの家族と会う勇気が持てたのも、自分が今、心から幸せだって思えたから。あの日、晃君が私を見つけてくれなかったら今の私はいなかった」

そして噛み締めるように感謝の言葉を紡ぎ続ける。

「晃君にはたくさんたくさん助けてもらって、どれだけ感謝しても足りない」

「言うほどたくさん助けてきたわけじゃないさ。葵さんが頑張ったからだよ」

「ううん……たくさんだよ。今言ったことだけじゃないもの」

「今言ったことだけじゃない？」

言葉の意図を汲み取れずに尋ねた直後だった。

「晃君は、幼稚園の頃もずっと私の傍にいてくれた」

「え――」

思いもよらない一言に思考がとまった。

幼稚園の頃もって、まさかそれって……。

「葵さん……覚えてるの？」

「ずっと……ずっと忘れてたの。晃君と再会してからも思い出せずにいた。でもあの時、一学期の終業式の日に幼稚園の前にいた私を見つけてくれた時に、全部思い出したの」

葵さんは夜空を彩る花火から視線を外して俺を見つめる。

「あの頃、ずっと私の傍にいてくれた男の子が晃君だったんだって」

思い出したのは俺だけだと思っていた。

俺が葵さんのことを思い出した時、葵さんもまた思い出してくれていたなんて。

「小学校に上がるタイミングで晃君と離れ離れになっちゃったけど、こうして一緒に花火を見たら、今度こそ一緒にいられるかなって……こんな日がずっと続いて欲しいって思うの」

たとえ叶わないとしても願わずにはいられない。

いや、叶わないとわかっているからこそ願わずにはいられない。

俺も葵さんと同じように、こんな日がずっと続いて欲しいと何度も願ってきたから。

「私は晃君さえ傍にいてくれればいい。それだけでいいの」

「……俺も葵さんと、ずっと一緒にいたいと思ってるよ」

だから、せめて言葉にするくらいは許して欲しい。

「うん……ありがとう」

嬉しそうにはにかむ葵さんの笑顔を見て思うこと。

同じ気持ちでいられたことを嬉しいと思うと同時、胸の奥から込み上げてくる懐かしさにも似た感情。今まで葵さんに抱いていた想いとは違う、でも初めての感情でもない。

かつて幼い頃に抱き、ずっと忘れていた想いが蘇るような感覚。

もう自分の気持ちに嘘を吐くことはできないのかもしれない。全ての問題が解決し、お互いに全て思い出していたと知った今だからこそ、変化をもたらした自分の想い。

そう――人はこの感情に『恋』という名前を付けたんだ。

だけど――。

同じ女の子に二度目の恋をしていると自覚する中、心の奥に湧く一つの懸念。

懸念というにはあまりにも些細な違和感のようなもの。葵さんが口にした『晃君さえ傍にいてくれればいい』という言葉に、一抹の不安のようなものを感じてしまった。

確証はない――。

だけど、俺と葵さんの関係は望んでいる方向とは違う方へ向かっているのかもしれない。

秋の夜空に散る花火を見上げながら、どうか気のせいであって欲しいと願い続けた。

クラスのぼっちギャルを
お持ち帰りして
清楚系美人にしてやった話

あとがき

みなさん、こんにちは。柚本悠斗です。

気が付けば早いもので、ぼっちギャルシリーズも三巻となりました。

一巻が発売されたのが昨年の九月ですから、七ヶ月で三冊目。その間に『ダメすか』も二冊発売したので、七ヶ月で五冊発売……どうりで去年の記憶があいまいなはずです。

たくさん本が出せて、読者のみなさんにも読んでいただける機会が増えて、しかも重版もしていただいて嬉しい限りですが、さすがに去年は少し無理をしたかなーと思っています。

安定してクオリティの高い創作活動を続けるには身体が資本。

心身共に健やかな環境を整えるのも仕事なので、今年は田舎にでも移住してのんびり過ごしながら、余裕のあるスケジュールで仕事ができたらなと思っています（願望）。

さて、二巻のあとがきでも触れましたが、今作はＹｏｕＴｕｂｅチャンネル『漫画エンジェルネコオカ』にて私がシナリオを担当した漫画動画を小説として書き下ろしたお話です。

漫画エンジェルネコオカでは、現在六話まで続編動画を公開中。

ぜひ漫画動画版も楽しんでもらえると嬉しいです。


そして二巻発売時に発表済みですが、今作はコミカライズが決定しています。

三巻の発売時にどこまで新情報が出ているかはわかりませんが（というのも、これを書いているのは当然、発売よりも少し前のため）随時お知らせをしていきます。

ＴｗｉｔｔｅｒのＧＡ文庫公式アカウント（飯テロの人）や、担当のジョー氏（ピンク色の美味しそうな鳥）、私のアカウントをチェックしつつ続報をお待ちください。

今後は小説、コミック、漫画動画と、色々な媒体で楽しんでもらえたら幸いです。


最後に恒例行事になっている謝辞です。

引き続き小説のイラストをご担当いただいているｍａｇａｋｏ様。

漫画エンジェルネコオカにて漫画動画をご担当いただいているあさぎ屋様。

いつもお世話になっている担当氏、編集部の皆様。先輩作家の皆様。

小説化にご協力をいただいた漫画エンジェルネコオカ関係者の皆様。

なにより手に取ってくださった読者のみなさん、ありがとうございます。

また次巻でお会いできれば幸いです。

クラスのぼっちギャルをお持ち帰りして清楚系美人にしてやった話

ひゃあっ
?!
パタパタ…
アオイさん?
今の悲鳴…
ばっ
うわっ!! ごめん!!
え?
巻末おまけ漫画
天高く 乙女 肥ゆる秋
なんだ、着替え中じゃなかったのか
ていうかなんでそんな格好?
風邪ひくよ?
えっと…
アキラ君の意見も聞きたいんだけど…
私ってその…
?
…ふ
ふとっちゃったかなぁ…?
かあぁっ
えっ

今月に入って プリンとか ケーキとか…
甘いもの いっぱい 食べちゃった から
最初は 服の重さかなって 思ったんだけど
気のせいじゃ ないみたいで…
ああ… だから服を脱いで 体重計に…
だ、大丈夫
アオイさん 全然太って ないから
で、でも すごい 増えてて…
……ほぅ?
どれ…
あっ 体重は…
見ちゃダメ!!
~~~ッ
ごめんなさい…
いたた…
や、今のは 完全に俺が 悪かっ―
~~~

た…
むにゅっ
………
なんだこのやわらかさは…!!
な……
ゴクリ…
例えるなら…ふわふわでしっとりとしたマシュマロ?!
ねぇねぇ知ってる〜?
二の腕の柔らかさって〜
おっぱいの柔らかさと同じらしいよ〜
クスクス…
くっ…泉の下世話な豆知識が…
アキラ君
ハッ
わっ!!ごめん!!
ぱっ
わたし…
※諸説あります

誤解を解きたいが本当のことは話せない…複雑な男心であった

ぼっちギャル３巻発売おめでとうございます!!

葵さんの芯の強さと、晃の漢らしさに胸を打たれました!!
少しずつ変わっていく２人の関係性から目が離せません…!!

キャラクター原案・漫画担当：あさぎ屋

ファンレター、作品の
ご感想をお待ちしています

〈あて先〉

〒106－0032
東京都港区六本木2－4－5
SBクリエイティブ（株）
GA文庫編集部 気付
「柚本悠斗先生」係
「magako先生」係
「あさぎ屋先生」係

本書に関するご意見・ご感想は
右のQRコードよりお寄せください。

※アクセスの際や登録時に発生する通信費等はご負担ください。

https://ga.sbcr.jp/

クラスのぼっちギャルをお持ち帰りして清楚系美人にしてやった話 3

発　行　　2022年4月30日　初版第一刷発行

著　者　　柚本悠斗
発行人　　小川　淳

発行所　　SBクリエイティブ株式会社
〒106−0032
東京都港区六本木2−4−5
電話　03−5549−1201
03−5549−1167(編集)

装　丁　　AFTERGLOW

印刷・製本　中央精版印刷株式会社

ISBN978-4-8156-1441-6
Printed in Japan　　GA文庫

試読版は
こちら!

試読版は
こちら!